COLLECTION
FOLIO BILINGUE

William Faulkner

A Rose for Emily
Une rose pour Emily
That Evening Sun
Soleil couchant
Dry September
Septembre ardent

Traduit de l'américain
par Maurice Edgar Coindreau

Traduction révisée, préface et notes
par Michel Gresse

Gallimard

Ces trois nouvelles sont extraites du recueil
Treize histoires *de William Faulkner*
(Folio n° 2300).

FAULKNER NOUVELLISTE

Gageons que la réunion, sous une même couverture et avec le texte original en regard, de ces trois nouvelles sera l'occasion d'une redécouverte, en particulier pour tous ceux (et ils sont nombreux) que seuls, jusqu'à présent, ont mobilisés les grands romans de Faulkner. Il y a, en effet, beaucoup à découvrir dans ces textes, dont l'un seulement («That Evening Sun»/«Soleil couchant») *est assez étroitement lié à un roman* (Le Bruit et la fureur) *pour qu'on ne fasse pas l'impasse sur cet aspect. Cette question des rapports entre les romans et les nouvelles, on ne la trouvera cependant pas traitée ici, parce qu'elle est immense et d'autant plus complexe que ces rapports sont variables. En effet, soit une nouvelle «sort» d'un roman, soit elle est destinée à entrer dans un autre (ou, en tout cas, dans un autre ensemble), soit enfin (c'est le cas de la majorité, malgré tout) elle n'a décidément pas trouvé à se «loger». «Une rose pour Emily», par exemple, a été conçue et publiée comme nouvelle indépendante. Il en va différemment de «Soleil couchant», qui est enrichie de ses rapports avec* Le Bruit et la fureur. *Quant à «Septembre ardent», selon l'éclairage, on lui trouvera des liens avec tel ou tel roman.*

Outre qu'elles datent toutes trois, très probablement, de la même année 1929-1930 qui fut l'une des plus fécondes

de la vie de Faulkner, il y a plusieurs raisons pour lesquelles ces trois nouvelles peuvent être réunies.

La première est purement française : seules des treize nouvelles recueillies en 1931 sous le titre These Thirteen, *et publiées en France sous le titre* Treize histoires *(1939), elles ont été traduites par Maurice Edgar Coindreau. Celui-ci venait d'introduire Faulkner en France par un article de cinq pages, simplement intitulé «William Faulkner», qui fut publié dans la* NRF *de juin 1931. Il y passait en revue les romans de Faulkner alors publiés aux États-Unis (ceux-ci étaient au nombre de six), insistant déjà très sûrement sur les progrès du jeune écrivain : «La récente publication de* Sanctuary *ne permet plus aucun doute», écrivait-il. «William Faulkner est actuellement une des figures les plus intéressantes de la littérature américaine.» Et il ajoutait, ce qui ne manquera pas d'être reçu comme un commentaire pénétrant sur ce qui unit les trois nouvelles données ici : «Pour être juste envers Faulkner, il faut oublier ses thèmes et ne s'occuper que de la façon dont il les traite. Il cesse alors d'être le satanique créateur de cauchemars, pour devenir le virtuose, le maître d'une technique nouvelle basée sur la puissance de l'inexprimé.» Et de revenir sur ce sujet : «Usant de sa technique de l'inexprimé, il en fait [de ses personnages favoris, qui ont en commun d'être fort intéressants pour un psychiatre] des figures d'une puissance étonnante. Ainsi que l'a très justement remarqué Mr James Burnham[1], c'est par ce qu'ils ne*

---

1. Ancien élève de Coindreau à l'Université de Princeton, James Burnham (lequel, après des débuts littéraires qui devaient rester sans lendemain, se fit un nom… dans le management) avait publié, en janvier 1931, l'un des tout premiers articles consacrés à l'œuvre de Faulkner : «Trying to Say», *Symposium* II, 51-59.

peuvent pas dire que ses héros atteignent à la grandeur. »
Il ajoutait enfin, en une parenthèse révélatrice sur
Faulkner et sur lui-même (dont les références étaient
toutes à « l'impair » de la musique : Satie, Ravel, Debussy
surtout) : « (William Faulkner doit peut-être plus encore
aux symbolistes qu'à James Joyce.) » Et il concluait :
« L'Europe a d'autant moins le droit de l'ignorer qu'elle a
plus contribué à sa formation. »

Aussitôt après cet article d'introduction, Coindreau
écrivit à Gaston Gallimard (le 6 août 1931) pour lui
demander si l'accord concernant l'acquisition des droits
sur les romans de Faulkner était conclu. Gaston Gallimard lui répondit affirmativement le 12 août, et il ajoutait : « Nous suivrons donc l'ordre chronologique [de
publication[1]] et nous publierons d'abord As I Lay
Dying avant Sanctuary.» Le 3 novembre, il écrivait au
traducteur (lequel devait déjà s'être mis au travail sur As
I Lay Dying, tandis que René-Noël Raimbault avait
entrepris de traduire Sanctuary après avoir écrit à Coindreau pour lui demander si, au cas où Tandis que
j'agonise paraîtrait en mars [1932], Sanctuaire pourrait paraître en avril) : «Je crois préférable, étant donné
que la crise du livre ne fait qu'augmenter, d'attendre la
publication de As I Lay Dying. Faulkner est en effet
encore inconnu en France et il est difficile de prévoir quel
sera l'accueil du public[2]... » On sait que Sanctuaire (et
André Malraux) devait finalement être préféré à Tandis

1. On sait en effet qu'une première version de *Sanctuary* fut
écrite *avant* la publication de *As I Lay Dying* : voir *Faulkner :
Œuvres romanesques I*, éd. Michel Gresset, Gallimard, Bibliothèque de la Pléiade, 1977, p. 1336-1481.
2. Voir Michel Gresset, «Valery Larbaud et les débuts de
Faulkner en France », *Preuves*, n° 184 (juin 1966), p. 26-28.

que j'agonise (*avec la préface de Valery Larbaud*) *pour être le premier roman de Faulkner à paraître en France, en novembre 1933.* Tandis que j'agonise *dut attendre le 30 avril 1934 pour paraître en traduction française.*

Entre-temps, cependant, Coindreau n'était pas resté inactif : aussitôt après avoir écrit son article d'introduction, il avait publié simultanément les deux premières nouvelles de Faulkner traduites en français : «Une rose pour Emily» dans le numéro daté de l'hiver 1932 (en fait, l'hiver 1931-1932) de Commerce, *et «Septembre ardent» dans le numéro 220 (1er janvier 1932) de la* NRF. *Quant à la troisième nouvelle, «Soleil couchant», elle fut publiée par* Europe *trois ans plus tard, en janvier 1935. Ces nouvelles, il les avait choisies toutes trois dans la partie centrale de* Treize histoires, *laquelle contenait aussi, outre «Chevelure», «Feuilles rouges» et «Un juste» — deux des quatre nouvelles qu'on a appelées le «cycle indien» — après la publication du grand recueil intitulé* Collected Stories (1950). *C'est dans la deuxième partie de ce recueil, «The Village», qu'avaient été placés «A Rose for Emily», «That Evening Sun» et «Dry September». En effet, l'une comme l'autre de ces nouvelles présente des personnages (Miss Emily Grierson, Miss Minnie Cooper, les Compson, Dilsey et Nancy) qui font partie de la communauté de Jefferson, le moyeu du Yoknapatawpha — qui l'asseyent même, qui contribuent à lui fournir sa fondation sociale : ainsi l'absence d'autres classes sociales est oubliée au profit de la fascination exercée par les sans-abri, ceux qui vivent la vie de bohème aux charmes de laquelle Faulkner avait goûté en Europe en 1925*[1].

---

1. Voir *Lettres choisies*, trad. D. Coupaye et M. Gresset, Gallimard, 1981, p. 25-50.

La seconde raison est que deux de ces trois nouvelles («Une rose pour Emily» et «Septembre ardent»), que Joseph Blotner a appelées «le meilleur de ce qu'il avait fait dans ce genre à l'époque[1]», furent également les premières que Faulkner publia aux États-Unis. Pour un coup d'essai, ce fut un coup de maître : «Une rose pour Emily», en particulier, est devenu un véritable classique, tant auprès du public (c'est, de loin, la nouvelle de Faulkner la plus souvent reproduite dans les anthologies) qu'auprès des critiques, à en juger par le nombre des articles qui lui ont été consacrés. À tel point qu'on se prend à souhaiter que les lecteurs ne se contentent pas de cette nouvelle néo-gothique pour juger de la «veine» faulknérienne.

Cependant ces coups d'essai eux-mêmes n'étaient pas les premiers, tant s'en faut. Entre le 23 janvier 1930 et janvier 1932, Faulkner consigna la liste des nouvelles qu'il essayait de placer dans les grands magazines nationaux, ainsi que la date à laquelle il les proposait. Il entourait le titre des nouvelles acceptées, et biffait celui des nouvelles refusées. Il ne fait aucun doute qu'il avait besoin d'argent, et que le Saturday Evening Post *(auquel, pendant cette période, il n'envoya pas moins de de trente-deux nouvelles, et qui en publia quatre) lui versa plus que ne lui avaient rapporté ses premiers romans. «Des trente-sept propositions qu'il avait faites pendant les neuf premiers mois de l'année 1930, six seulement avaient été acceptées», écrit encore Joseph Blotner. Mais la conjoncture changea entièrement par la suite : «Sur les quarante-deux nouvelles [de la liste qui comporte*

---

1. Joseph Blotner, *Faulkner : A Biography* (New York, Random House, 1984), p. 259.

quarante-quatre titres, dont deux cependant sont doubles], *vingt furent publiées ou acceptées pendant ces deux années, et dix autres parurent plus tard. Ce chiffre de trente nouvelles publiées sur un total de quarante-deux ne manque pas d'impressionner[1].* »

« *A Rose for Emily* » *fut publié dans le volume 83 de* Forum *en avril 1930. Elle avait été vendue au magazine le 20 janvier 1930. Auparavant, Faulkner avait proposé ce titre à* Scribner's Magazine, *qui avait rejeté la nouvelle le 7 octobre 1929 (jour de la publication de* The Sound and the Fury), *mais qui accepta le titre suivant.*

« *Dry September* » *parut dans le volume 94 de Scribner's, en janvier 1931. La nouvelle avait été vendue le 1er mai 1930, pour deux cents dollars[2]. Faulkner avait d'abord essayé* American Mercury *et* Forum.

Quant à « *That Evening Sun* », *d'abord intitulé* « *That Evening Sun Go Down[3]* », *le texte en fut vendu à* American Mercury *le 28 octobre 1930, mais il devait paraître dans ce magazine en mars 1932 seulement. Auparavant, il avait été proposé à* Scribner's *le 6 octobre 1930, date de la publication de* As I Lay Dying, *le cinquième roman publié du romancier.*

---

1. Michel Gresset, « Chronologie » dans *Faulkner : Œuvres romanesques I, op. cit.*, p. XLIV-XLV.
2. Dans le même temps, le *Saturday Evening Post* payait sept cent cinquante dollars les nouvelles « Thrift » (« L'Esprit d'économie » dans *Idylle au désert et autres nouvelles,* Gallimard, 1985) et « Red Leaves » (« Feuilles rouges » dans *Treize histoires*).
3. Voir James B. Meriwether, *The Literary Career of William Faulkner,* Princeton University Library, 1965.

À propos de la première nouvelle parue, Faulkner déclara vingt-cinq ans plus tard, en 1956, au Japon : «J'éprouve de la pitié pour Emily, dont la vie fut tragique parce qu'elle était fille unique. Au moment où elle aurait pu se trouver un mari, se faire une vie à elle, il y eut probablement quelqu'un — son père — pour lui dire : "Non, il faut rester ici pour s'occuper de moi." Alors, quand elle finit par se trouver un homme, elle n'avait aucunement l'habitude des gens. Elle ne choisit vraisemblablement pas le bon : il était sur le point de lui fausser compagnie. Et quand elle le perdit, elle comprit que pour elle, c'était la fin de la vie, qu'il n'y avait plus rien pour elle que de vieillir, seule et solitaire. Elle avait eu quelque chose et elle voulait le garder, ce qui n'est pas bon : faire n'importe quoi pour garder quelque chose. Il n'en reste pas moins que j'éprouve de la pitié pour Miss Emily. Je ne sais pas si elle m'aurait plu, ou si elle m'aurait fait peur. Pas elle-même, mais toutes celles qui, comme elle, ont souffert, ont été dévoyées, comme sa vie avait probablement été dévoyée par un père égoïste[1]. » Près de deux ans plus tard, à l'université de Virginie, il répondit à une question concernant la genèse de la nouvelle par ces mots : « Cela m'est venu d'une gravure qui représentait une tresse de cheveux sur un oreiller. C'était une histoire de revenants. Rien qu'une tresse de cheveux sur un oreiller, dans une maison abandonnée[2]. » Il ajoutait enfin que le titre en était « allégorique ». Il voulait dire par là qu'il ne fallait évidemment pas l'interpréter littéralement, que cette rose

1. William Faulkner, *Lion in the Garden : Interviews with William Faulkner, 1926-1962*, eds. J. B. Meriwether & M. Millgate, New York, Random House, 1968, p. 127. Pas de traduction française.
2. *Faulkner à l'Université*, eds. F. L. Gwynn & J. L. Blotner, trad. R. Hilleret, avant-propos de M. Gresset, Gallimard, 1964, p. 26.

était un geste d'hommage à Emily, une manière de tribut — un «coup de chapeau» donné par la communauté à cette vieille fille qui avait «fait n'importe quoi pour garder quelque chose». Autrement dit, un symbole.

«Soleil couchant» peut être présenté comme une nouvelle qui s'appuie sur deux autres livres : Le Bruit et la fureur *(1929)*, parce qu'on retrouve dans la nouvelle Mr et Mrs Compson, trois de leurs quatre enfants (Quentin, Caddy et Jason, respectivement âgés de neuf, sept et cinq ans) et leur gouvernante Dilsey, d'une part; Requiem for a Nun *(1951)*, de l'autre, avec Nancy, la blanchisseuse et, à l'occasion des maladies de Dilsey, la cuisinière des Compson, qui redoute d'être tuée par son compagnon Jésus parce qu'elle porte l'enfant d'un autre. Nancy n'a pas encore de nom, mais il s'agit bien de la même Noire droguée que celle qui, dans Requiem, porte le vieux nom français anglicisé de Mannigoe. Le 15 février 1957, dans une déclaration non publiée faite à l'université de Virginie, Faulkner avait dit qu'il avait écrit «Soleil couchant» peu *après* avoir écrit Le Bruit et la fureur. Ce qui est certain, c'est que Faulkner joue au maximum du point de vue limité sur les activités des adultes que lui permet le choix d'un enfant de neuf ans (Quentin Compson) comme narrateur. On sait maintenant que l'auteur s'y reprit à plusieurs fois pour écrire ce texte, qui s'appelait d'abord «Never Done No Weeping When She Wanted to Laugh» («Jamais pleuré quand elle voulait rire»). Puis le texte fut intitulé, en une citation très évidente du début de Saint Louis Blues, «That Evening Sun Go Down», et enfin, simplement, «That Evening Sun». On peut penser que chaque nouvelle rédaction rendait le texte plus aigu et accusait un peu plus la différence d'attitude entre les adultes (la mère hypocondriaque

et le père intraitable) et les enfants quant à la nature de la situation tragique dont ils sont témoins. Les enfants eux-mêmes sont d'ailleurs loin d'être semblables : il y a plus d'une différence (laquelle apparaît aussi dans le roman) entre Quentin, qui a tout de l'enfant «sérieux», Caddy, qui pose toutes les questions que ses frères n'osent pas poser, et Jason qui, à cinq ans, sait déjà jouer un jeu double.

À propos de «Dry September», d'abord nommé «Drouth» («Sécheresse»)[1], on se contentera de rappeler pour ce que cela vaut que Faulkner répondit un jour à un magazine du Nord qui voulait qu'il écrivît un article sur le lynchage que, n'en ayant jamais vu un, il pourrait difficilement écrire un essai sur la question. Cette anecdote est intéressante à plusieurs titres : d'une part, décrire un lynchage, c'est pourtant ce qu'il fit, même briè-vement, à la fin du chapitre XXIX de Sanctuary *; d'autre part, cela place apparemment le sujet dans une relation de "réalisme" avec son objet — ce qui surprend quelque peu de la part de Faulkner. (C'est d'ailleurs pourquoi on se méfiera de sa réponse.)*

Ce qui est commun à ces trois nouvelles, c'est trois choses au moins, dont l'une ressortit au sujet, les deux autres à la manière. Elles ont trait à des femmes, elles sont narrées avec un sens souverain de l'économie, elles illustrent par-faitement ce que Coindreau appelait «l'art de l'inexprimé».

Elles mettent toutes trois en scène une femme. L'intérêt que le romancier portait aux femmes dans son œuvre était à la fois ancien et récent puisque, dans les trois romans qu'il venait de publier, une femme était au centre de l'intérêt dramatique — et de la structure même de

1. Blotner, *Faulkner*, p. 256

l'œuvre : *Caddy Compson dans* Le Bruit et la fureur, *Addie Bundren dans* Tandis que j'agonise, *et Temple Drake dans* Sanctuary. *Faulkner a été plus loin qu'il n'alla jamais en parlant de Caddy comme la «chérie de son cœur». Dans le cas de Miss Emily, l'auteur prend soin d'expliquer, au cours de la première partie, en quoi et pourquoi elle était restée «invaincue» : à cet égard, Miss Emily est proche parente de la Miss Jenny qu'on a connue dans* Sartoris, *qu'on a revue dans* Sanctuary, *et dont la nouvelle «There Was a Queen*[1]*» a raconté la mort. Elle est aussi, naturellement, toute proche de la contemporaine «Miss Zilphia Gant*[2]*». Dans le cas de Minnie Cooper, il faut relire la quatrième partie de la nouvelle, qui a trait à elle seule (puisque Homer Barron a disparu). Et dans le cas de la Nancy de «Soleil couchant», enfin, les éléments de connaissance «objective» sont disséminés dans tout le texte : encore n'y sont-ils que suggérés, puisque la convention choisie par l'auteur est celle du point de vue limité de Quentin Compson, narrateur de neuf ans. Dans les trois cas, cependant, les femmes sont confrontées à des hommes (Homer Barron, le «violeur» sans nom, Jésus) qui ne se comportent pas de façon honnête — c'est le moins qu'on puisse dire —, de sorte qu'on peut parler à leur sujet de* blues. *Certes, il s'agit là d'un vieux thème littéraire — on peut aussi songer au succès qu'il a eu à l'opéra; mais Faulkner le renouvelle de façon spectaculaire.*

1. «Il était une reine», tant dans l'une que dans l'autre traduction. Il s'agit, en effet, de la seule nouvelle de Faulkner qui a été traduite deux fois : la première, par Coindreau, dans la *NRF* d'août 1933, la seconde par René-Noël Raimbault dans le recueil *Le Docteur Martino,* en 1948.

2. «Miss Zilphia Gant», in *Idylle au désert et autres nouvelles,* éd. J. Blotner, trad. M. E. Coindreau, D. Coupaye, M. Gresset, F. Pitavy, Gallimard, 1985, p. 321-335.

Dans l'un comme dans l'autre des trois cas, la nouvelle tourne autour du phénomène plus qu'elle ne le décrit, de sorte que ce qui est dramatiquement important, ce n'est pas ce qui est dit, mais plutôt ce qui ne l'est pas (par exemple, le lynchage est passé sous silence dans «Septembre ardent»). Il s'agit, comme Coindreau le disait déjà en 1931, de «l'art de l'inexprimé». (James Burnham nonobstant, il s'agit bien là d'une technique chère au romancier, autant que du trait constitutif de la psyché de certains de ses personnages, comme l'idiot Benjy ou l'enfant traumatisé Vardaman.)

Il y a évidemment un lien entre ces trois faits : les trois nouvelles ont pour personnage principal une femme, elles font appel à «l'art de l'inexprimé», et leur auteur est un homme[1]. Ce lien, c'est le manque : il est explicable qu'une femme fasse allusion à ce qui demeure le modèle de tout acte, l'acte sexuel, de façon pour ainsi dire négative; qu'elle ne puisse pas dire ce qui appartient pour elle, profondément, à l'indicible, à savoir l'expérience sexuelle; qu'enfin le langage employé pour décrire celle-ci soit périphérique, cerne une absence, subtilise l'acte lui-même.

*Ce trait caractéristique de l'art de Faulkner est à rapprocher de la constatation qu'on doit faire de sa grande économie romanesque. Il admirait Sherwood Anderson précisément pour cela : raconter une histoire, pour lui, ce n'est surtout pas le faire interminablement, c'est, essentiellement, savoir s'arrêter. «*Winesburg, Ohio. *Quelle simplicité dans ce titre! Il y en a tout autant dans les*

---

1. Un Allemand, Gunther Blöcker, est même allé jusqu'à écrire que Faulkner était le seul écrivain «mâle» de la littérature contemporaine : cf. «William Faulkner», in *Faulkner*, éd. Robert Penn Warren, Englewood Cliffs, N. J. : Prentice-Hall, 1966, p. 124.

histoires : *économe, il les raconte, et s'arrête. Son inexpérience même, son besoin pressant de ne perdre ni son temps ni son papier lui ont inculqué l'une des plus hautes qualités du génie[1].* » Comme à l'accoutumée, ce que dit Faulkner ici de son aîné s'applique parfaitement à lui-même.

Michel Gresset

1. «Sherwood Anderson» in William Faulkner : *Croquis de La Nouvelle-Orléans* suivi de *Mayday,* trad. M. Gresset, Gallimard, 1988, p. 214.

A Rose for Emily
Une rose pour Emily

A ROSE FOR EMILY

I

When Miss Emily Grierson died, our whole town went to her funeral: the men through a sort of respectful affection for a fallen monument, the women mostly out of curiosity to see the inside of her house, which no one save an old manservant—a combined gardener and cook—had seen in at least ten years.

It was a big, squarish frame house that had once been white, decorated with cupolas and spires and scrolled balconies in the heavily lightsome style of the seventies, set on what had once been our most select street. But garages and cotton gins had encroached and obliterated even the august names of that neighborhood; only Miss Emily's house was left, lifting its stubborn and coquettish decay above the cotton wagons and the gasoline pumps—an eyesore among eyesores.

UNE ROSE POUR EMILY

I

Quand Miss Emily Grierson mourut, toute notre ville alla à l'enterrement : les hommes, par une sorte d'affection respectueuse pour un monument disparu, les femmes, poussées surtout par la curiosité de voir l'intérieur de sa maison que personne n'avait vu depuis dix ans, à l'exception d'un vieux domestique, à la fois jardinier et cuisinier.

C'était une grande maison de bois carrée, qui, dans le temps, avait été blanche. Elle était décorée de coupoles, de flèches, de balcons ouvragés, dans le style lourdement frivole des années soixante-dix[1], et s'élevait dans ce qui avait été autrefois notre rue la plus distinguée. Mais les garages et les égreneuses à coton, empiétant peu à peu, avaient fait disparaître jusqu'aux noms augustes de ce quartier; seule, la maison de Miss Emily était restée, élevant sa décrépitude entêtée et coquette au-dessus des chars à coton et des pompes à essence. Elle n'était plus la seule à outrager la vue.

---

1. La description qui précède évoque assez précisément ce qu'on appelle, aux États-Unis, le «Carpenter Gothic».

And now Miss Emily had gone to join the representatives of those august names where they lay in the cedarbemused cemetery among the ranked and anonymous graves of Union and Confederate soldiers who fell at the battle of Jefferson.

Alive, Miss Emily had been a tradition, a duty, and a care; a sort of hereditary obligation upon the town, dating from that day in 1894 when Colonel Sartoris, the mayor—he who fathered the edict that no Negro woman should appear on the streets without an apron—remitted her taxes, the dispensation dating from the death of her father on into perpetuity. Not that Miss Emily would have accepted charity. Colonel Sartoris invented an involved tale to the effect that Miss Emily's father had loaned money to the town, which the town, as a matter of business, preferred this way of repaying. Only a man of Colonel Sartoris' generation and thought could have invented it, and only a woman could have believed it.

When the next generation, with its more modern ideas, became mayors and aldermen, this arrangement created some little dissatisfaction. On the first of the year they mailed her a tax notice. February came, and there was no reply. They wrote her a formal letter, asking her to call at the sheriff's office at her convenience.

22

Et voilà que Miss Emily était allée rejoindre les représentants de ces augustes noms dans le cimetière assoupi sous les ifs, où ils gisaient parmi les tombes alignées et anonymes des soldats de l'Union et des Confédérés morts sur le champ de bataille de Jefferson.

De son vivant, Miss Emily avait été une tradition, un devoir et un souci ; une sorte de charge héréditaire qui pesait sur la ville depuis ce jour où, en 1894, le colonel Sartoris, le maire — celui qui lança l'édit interdisant aux Noires de paraître dans les rues sans tablier —, l'avait dispensée de payer les impôts, dispense qui datait de la mort de son père et s'étendait jusqu'à perpétuité. Non que Miss Emily eût été du genre à accepter qu'on lui fît la charité. Le colonel Sartoris avait inventé l'histoire compliquée d'un prêt d'argent que le père de Miss Emily aurait fait à la ville et que la ville, pour raison d'affaires, préférait rembourser de cette façon-là. Il n'y avait qu'un homme de la génération et avec les idées du colonel Sartoris pour avoir pu imaginer une chose pareille, et il n'y avait qu'une femme pour l'avoir pu croire.

Quand la génération suivante, avec ses idées modernes, donna à son tour des maires et des conseillers municipaux, cet arrangement souleva quelques mécontentements. Le premier janvier ils lui envoyèrent une feuille d'imposition. Février arriva sans apporter de réponse. Ils lui envoyèrent une lettre officielle, la priant de passer, quand elle le jugerait bon, au bureau du shérif[1].

1. Dans les petites villes américaines, le shérif se fait souvent l'agent du percepteur.

A week later the mayor wrote her himself, offering to call or to send his car for her, and received in reply a note on paper of an archaic shape, in a thin, flowing calligraphy in faded ink, to the effect that she no longer went out at all. The tax notice was also enclosed, without comment.

They called a special meeting of the Board of Aldermen. A deputation waited upon her, knocked at the door through which no visitor had passed since she ceased giving chinapainting lessons eight or ten years earlier. They were admitted by the old Negro into a dim hall from which a stairway mounted into still more shadow. It smelled of dust and disuse—a close, dank smell. The Negro led them into the parlor. It was furnished in heavy, leather-covered furniture. When the Negro opened the blinds of one window, they could see that the leather was cracked; and when they sat down, a faint dust rose sluggishly about their thighs, spinning with slow motes in the single sun-ray. On a tarnished gilt easel before the fireplace stood a crayon portrait of Miss Emily's father.

They rose when she entered—a small, fat woman in black, with a thin gold chain descending to her waist and vanishing into her belt, leaning on an ebony cane with a tarnished gold head. Her skeleton was small and spare; perhaps that was why

La semaine suivante, le maire lui écrivit lui-même, lui offrant d'aller chez elle ou de l'envoyer chercher en voiture. En réponse il reçut un billet où, sur un papier d'une forme archaïque, d'une écriture courante et menue à l'encre passée, elle lui disait qu'elle ne sortait plus du tout. La feuille d'impôts était incluse, sans commentaire.

Le conseil municipal siégea en séance extraordinaire. Une députation se rendit chez elle et frappa à cette porte qu'aucun visiteur n'avait franchie depuis que, huit ou dix ans auparavant, elle avait cessé de donner des leçons de peinture sur porcelaine. Le vieux Noir la fit entrer dans un hall obscur d'où un escalier montait se perdre dans une ombre encore plus profonde. Il y régnait une odeur de poussière, de désaffection; une odeur de renfermé et d'humidité. Le Noir les conduisit dans le salon. L'ameublement en était lourd, les sièges couverts en cuir. Quand le Noir ouvrit les rideaux d'une des fenêtres, ils virent que le cuir était craquelé; et, quand ils s'assirent, un léger nuage de poussière monta paresseusement autour de leurs cuisses et, en lentes volutes, les atomes s'élevèrent dans l'unique rai de soleil. Près de la cheminée, sur un chevalet à la dorure ternie, se trouvait un portrait au crayon du père de Miss Emily.

Ils se levèrent quand elle entra. Elle était petite, grosse, vêtue de noir, avec une mince chaîne d'or qui lui descendait jusqu'à la taille et disparaissait dans sa ceinture, et elle s'appuyait sur une canne d'ébène à pomme d'or ternie. Son ossature était mince et frêle. C'est peut-être pour cela

what would have been merely plumpness in another was obesity in her. She looked bloated, like a body long submerged in motionless water, and of that pallid hue. Her eyes, lost in the fatty ridges of her face, looked like two small pieces of coal pressed into a lump of dough as they moved from one face to another while the visitors stated their errand.

She did not ask them to sit. She just stood in the door and listened quietly until the spokesman came to a stumbling halt. Then they could hear the invisible watch ticking at the end of the gold chain.

Her voice was dry and cold. "I have no taxes in Jefferson. Colonel Sartoris explained it to me. Perhaps one of you can gain access to the city records and satisfy yourselves."

"But we have. We are the city authorities, Miss Emily. Didn't you get a notice from the sheriff, signed by him?"

"I received a paper, yes," Miss Emily said. "Perhaps he considers himself the sheriff... I have no taxes in Jefferson."

"But there is nothing on the books to show that, you see. We must go by the—"

"See Colonel Sartoris. I have no taxes in Jefferson."

"But, Miss Emily—"

"See Colonel Sartoris." (Colonel Sartoris had been dead almost ten years.)

que ce qui chez une autre n'aurait été que de l'embonpoint, était chez elle de l'obésité. Elle avait l'air enflée, comme un cadavre qui serait resté trop longtemps dans une eau stagnante, elle en avait même la teinte blafarde. Ses yeux, perdus dans les bourrelets de son visage, ressemblaient à deux petits morceaux de charbon enfouis dans une boule de pâte, tandis qu'elle les promenait d'un visage à l'autre, en écoutant les visiteurs présenter leur requête.

Elle ne les invita pas à s'asseoir. Elle se contenta de rester debout sur le seuil, attendant tranquillement que le porte-parole se soit arrêté, balbutiant. Ils purent entendre alors le tic-tac de la montre invisible attachée à la chaîne d'or.

Sa voix était sèche et froide : «Je n'ai pas d'impôts à payer à Jefferson. Le colonel Sartoris me l'a expliqué. Peut-être l'un d'entre vous pourra-t-il consulter les archives de la ville, et vous donner satisfaction à tous.

— Mais nous l'avons fait. Nous sommes les autorités de la ville, Miss Emily. N'avez-vous pas reçu un avis du shérif, signé de sa main ?

— Oui, j'ai reçu un papier, dit Miss Emily. Il se croit peut-être le shérif... Je n'ai pas d'impôts à payer à Jefferson.

— Mais il n'y a rien qui le prouve dans les registres. Il faut que nous...

— Voyez le colonel Sartoris. Je n'ai pas d'impôts à payer à Jefferson.

— Mais, Miss Emily...

— Voyez le colonel Sartoris (il y avait près de dix ans que le colonel Sartoris était mort).

"I have no taxes in Jefferson. Tobe!" The Negro appeared. "Show these gentlemen out."

II

So she vanquished them, horse and foot, just as she had vanquished their fathers thirty years before about the smell. That was two years after her father's death and a short time after her sweetheart—the one we believed would marry her—had deserted her. After her father's death she went out very little; after her sweetheart went away, people hardly saw her at all. A few of the ladies had the temerity to call, but were not received, and the only sign of life about the place was the Negro man—a young man then—going in and out with a market basket.

"Just as if a man—any man—could keep a kitchen properly," the ladies said; so they were not surprised when the smell developed. It was another link between the gross, teeming world and the high and mighty Griersons.

A neighbor, a woman, complained to the mayor, Judge Stevens, eighty years old.

"But what will you have me do about it, madam?" he said.

"Why, send her word to stop it," the woman said. "Isn't there a law?"

"I'm sure that won't be necessary," Judge Stevens said.

Je n'ai pas d'impôts à payer à Jefferson. Tobe!» Le Noir apparut. «Raccompagne ces messieurs.»

II

C'est ainsi qu'elle les domina, bel et bien, comme elle avait dominé leurs pères, trente ans auparavant, au sujet de l'odeur. Cela se passait deux ans après la mort de son père et peu de temps après que son amoureux — celui qui, pensions-nous, allait l'épouser — l'eut abandonnée. Après la mort de son père, elle sortit très peu; après que son amoureux fut parti, on ne la vit pour ainsi dire plus. Quelques dames eurent la témérité d'aller lui rendre visite, mais elles ne furent point reçues et, autour de la maison, il n'y avait d'autre signe de vie que le Noir, jeune à cette époque, qui entrait et sortait avec un panier de marché.

«Comme si un homme, quel qu'il soit, pouvait tenir une cuisine en état!» disaient les dames; aussi personne ne fut surpris quand l'odeur se fit sentir; ce fut un nouveau lien entre le monde grouillant et grossier et les grands et puissants Grierson.

Une voisine alla se plaindre au maire, le juge Stevens, âgé alors de quatre-vingts ans.

«Mais que voulez-vous que j'y fasse, madame? dit-il.

—Eh bien, envoyez-lui un mot pour que cela cesse, dit la femme. Est-ce qu'il n'y a pas une loi?

—Je suis sûr que ça ne sera pas nécessaire», dit le juge Stevens.

"It's probably just a snake or a rat that nigger of hers killed in the yard. I'll speak to him about it."

The next day he received two more complaints, one from a man who came in diffident deprecation. "We really must do something about it, Judge. I'd be the last one in the world to bother Miss Emily, but we've got to do something." That night the Board of Aldermen met—three graybeards and one younger man, a member of the rising generation.

"It's simple enough," he said. "Send her word to have her place cleaned up. Give her a certain time to do it in, and if she don't..."

"Dammit, sir," Judge Stevens said, "will you accuse a lady to her face of smelling bad?"

So the next night, after midnight, four men crossed Miss Emily's lawn and slunk about the house like burglars, sniffing along the base of the brickwork and at the cellar openings while one of them performed a regular sowing motion with his hand out of a sack slung from his shoulder. They broke open the cellar door and sprinkled lime there, and in all the outbuildings. As they recrossed the lawn, a window that had been dark was lighted and Miss Emily sat in it, the light behind her, and her upright torso motionless as that of an idol. They crept quietly across the lawn and into the shadow of the locusts that lined the street. After a week or two the smell went away.

«C'est sans doute tout simplement un serpent ou un rat que son nègre aura tué dans la cour. Je lui en dirai un mot, à son nègre.»

Le lendemain il reçut deux autres plaintes. L'une émanait d'un homme qui se présenta, timide et suppliant : «Il faut absolument faire quelque chose, Monsieur le Juge. Pour rien au monde je ne voudrais ennuyer Miss Emily, mais il faut que nous fassions quelque chose.» Ce soir-là le conseil municipal se réunit : trois barbes grises et un jeune homme, un membre de la nouvelle génération.

«C'est tout simple, dit-il, faites-lui dire de nettoyer chez elle. Donnez-lui un certain temps pour le faire et si elle ne…

—Dieu me damne, monsieur, dit le juge Stevens, prétendez-vous aller dire en face à une dame qu'elle sent mauvais?»

Alors, la nuit suivante, un peu après minuit, quatre hommes traversèrent la pelouse de Miss Emily et, comme des cambrioleurs, rôdèrent autour de la maison, reniflant le soubassement de brique et les soupiraux de la cave, tandis que l'un d'eux, un sac sur l'épaule, faisait régulièrement le geste du semeur. Ils enfoncèrent la porte de la cave qu'ils saupoudrèrent de chaux, ainsi que toutes les dépendances. Comme ils retraversaient la pelouse, ils virent qu'une fenêtre, sombre jusqu'alors, se trouvait éclairée. Miss Emily s'y tenait assise, à contre-jour, droite, immobile comme une idole. Silencieusement ils traversèrent la pelouse et se glissèrent dans l'ombre des acacias qui bordaient la rue. Au bout d'une quinzaine, l'odeur disparut.

That was when people had begun to feel really sorry for her. People in our town, remembering how old lady Wyatt, her great-aunt, had gone completely crazy at last, believed that the Griersons held themselves a little too high for what they really were. None of the young men were quite good enough for Miss Emily and such. We had long thought of them as a tableau, Miss Emily a slender figure in white in the background, her father a spraddled silhouette in the foreground, his back to her and clutching a horsewhip, the two of them framed by the back-flung front door. So when she got to be thirty and was still single, we were not pleased exactly, but vindicated; even with insanity in the family she wouldn't have turned down all of her chances if they had really materialized.

When her father died, it got about that the house was all that was left to her; and in a way, people were glad. At last they could pity Miss Emily. Being left alone, and a pauper, she had become humanized. Now she too would know the old thrill and the old despair of a penny more or less.

The day after his death all the ladies prepared to call at the house and offer condolence and aid, as is our custom. Miss Emily met them at the door, dressed as usual and with no trace of grief on her face. She told them that her father was not dead. She did that for three days, with the ministers calling on her, and the doctors,

C'est alors que les gens commencèrent à avoir vraiment pitié d'elle. Les gens de la ville qui se rappelaient comment la vieille Mrs Wyatt, sa grand-tante, avait fini par devenir complètement folle trouvaient que les Grierson se croyaient peut-être un peu trop supérieurs, étant donné ce qu'ils étaient. Il n'y avait jamais de jeune homme assez bon pour Miss Emily. Nous nous les étions souvent imaginés comme des personnages de tableau : dans le fond, Miss Emily, élancée, vêtue de blanc ; au premier plan son père, lui tournant le dos, jambes écartées, un fouet à la main, tous les deux encadrés par le chambranle de la porte d'entrée grande ouverte. Aussi, quand elle atteignit la trentaine sans s'être mariée, je ne dis pas que cela nous fit vraiment plaisir, mais cela nous donne raison. Même avec des cas de folie dans la famille, elle n'aurait pas refusé tous les partis s'ils s'étaient réellement présentés.

À la mort de son père le bruit courut que la maison était tout ce qui lui restait, et, d'un côté, les gens n'en furent pas fâchés. Ils pouvaient enfin avoir pitié de Miss Emily. Seule et dans la misère, elle s'était humanisée. Maintenant, elle aussi allait connaître ce qui était bien connu : la joie et le désespoir d'un sou de plus ou de moins.

Le lendemain de la mort de son père, toutes les dames s'apprêtèrent à aller la voir pour lui offrir aide et condoléances, ainsi qu'il est d'usage. Miss Emily les reçut à la porte, habillée comme de coutume, et sans la moindre trace de chagrin sur le visage. Elle leur dit que son père n'était pas mort. Elle répéta cela pendant trois jours, tandis que les pasteurs venaient la voir, ainsi que les médecins,

trying to persuade her to let them dispose of the body. Just as they were about to resort to law and force, she broke down, and they buried her father quickly.

We did not say she was crazy then. We believed she had to do that. We remembered all the young men her father had driven away, and we knew that with nothing left, she would have to cling to that which had robbed her, as people will.

III

She was sick for a long time. When we saw her again, her hair was cut short, making her look like a girl, with a vague resemblance to those angels in colored church windows—sort of tragic and serene.

The town had just let the contracts for paving the sidewalks, and in the summer after her father's death they began the work. The construction company came with niggers and mules and machinery, and a foreman named Homer Barron, a Yankee—a big, dark, ready man, with a big voice and eyes lighter than his face. The little boys would follow in groups to hear him cuss the niggers, and the niggers singing in time to the rise and fall of picks. Pretty soon he knew everybody in town. Whenever you heard a lot of laughing anywhere about the square,

dans l'espoir qu'ils la décideraient à les laisser disposer du corps. Juste au moment où ils allaient recourir à la loi et à la force, elle céda, et ils enterrèrent son père au plus vite.

Personne ne dit alors qu'elle était folle. Nous croyions qu'elle ne pouvait faire autrement. Nous nous rappelions tous les jeunes gens que son père avait écartés, et nous savions que, se trouvant sans rien, elle devait se cramponner à ce qui l'avait dépossédée, comme on fait d'ordinaire.

III

Elle fut longtemps malade. Quand nous la revîmes, elle avait les cheveux courts, ce qui lui donnait l'apparence d'une jeune fille et une vague ressemblance avec les anges des vitraux d'église, genre tragique et serein.

La ville venait juste de passer les contrats pour le goudronnage des trottoirs et, pendant l'été qui suivit la mort de son père, on commença les travaux. L'entreprise de construction arriva avec des nègres, des mulets, des machines et un contremaître nommé Homer Barron, un Yankee, grand gaillard brun et affable, avec une grosse voix et des yeux plus clairs que son teint. Les petits enfants le suivaient en groupe pour l'entendre jurer contre les nègres, les nègres qui chantaient en mesure tout en levant et abaissant leurs pioches. Il ne tarda pas à connaître tout le monde dans la ville. Chaque fois qu'on entendait de grands éclats de rire sur la place,

Homer Barron would be in the center of the group. Presently we began to see him and Miss Emily on Sunday afternoons driving in the yellow-wheeled buggy and the matched team of bays from the livery stable.

At first we were glad that Miss Emily would have an interest, because the ladies all said, "Of course a Grierson would not think seriously of a Northerner, a day laborer." But there were still others, older people, who said that even grief could not cause a real lady to forget *noblesse oblige*—without calling it *noblesse oblige*. They just said, "Poor Emily. Her kinsfolk should come to her." She had some kin in Alabama; but years ago her father had fallen out with them over the estate of old lady Wyatt, the crazy woman, and there was no communication between the two families. They had not even been represented at the funeral.

And as soon as the old people said, "Poor Emily," the whispering began. "Do you suppose it's really so?" they said to one another. "Of course it is. What else could..." This behind their hands; rustling of craned silk and satin behind jalousies closed upon the sun of Sunday afternoon as the thin, swift clop-clop-clop of the matched team passed: "Poor Emily."

She carried her head high enough—even when we believed that she was fallen.

on était sûr qu'Homer Barron était au centre du groupe. On ne tarda pas à le voir, le dimanche après-midi, se promener avec Miss Emily, dans le cabriolet aux roues peintes en jaune du loueur de voitures avec ses roues jaunes et sa paire de chevaux bais.

Tout d'abord nous nous réjouîmes de voir que Miss Emily avait maintenant un intérêt dans la vie, parce que toutes les dames disaient : « Naturellement une Grierson ne s'attachera jamais sérieusement à un homme du Nord, à un journalier. » Mais il y en avait d'autres, des gens plus âgés, qui disaient que même le chagrin ne devait pas faire oublier à une grande dame que *noblesse oblige*, sans appeler ça *noblesse oblige*. Ils se contentaient de dire : « Pauvre Emily, sa famille devrait lui rendre visite. » Elle avait des parents en Alabama, mais, dans le temps, son père s'était brouillé avec eux au sujet de la succession de la vieille Mrs Wyatt, la folle, et les deux familles avaient cessé de se voir. Personne n'était même venu à l'enterrement.

Et aussitôt que les vieilles gens eurent dit : « Pauvre Emily », on commença à chuchoter : « Comment, vous pensez que vraiment… ? disait-on. — Mais bien sûr, pour quelle autre raison voudriez-vous que… ? » Cela derrière les mains ; crissements de soie et de satin qui se tendaient pour apercevoir, de derrière les jalousies fermées sur le soleil des dimanches après-midi, la paire de chevaux bais passant dans un léger et rapide clop-clop-clop. « Pauvre Emily ! »

Elle portait la tête assez haute, même alors que nous pensions qu'elle était déchue.

It was as if she demanded more than ever the recognition of her dignity as the last Grierson; as if it had wanted that touch of earthiness to reaffirm her imperviousness. Like when she bought the rat poison, the arsenic. That was over a year after they had begun to say "Poor Emily," and while the two female cousins were visiting her.

"I want some poison," she said to the druggist. She was over thirty then, still a slight woman, though thinner than usual, with cold, haughty black eyes in a face the flesh of which was strained across the temples and about the eyesockets as you imagine a lighthouse-keeper's face ought to look. "I want some poison," she said.

"Yes, Miss Emily. What kind? For rats and such? I'd recom—"

"I want the best you have. I don't care what kind."

The druggist named several. "They'll kill anything up to an elephant. But what you want is—"

"Arsenic," Miss Emily said. "Is that a good one?"

"Is… arsenic? Yes, ma'am. But what you want—"

"I want arsenic."

The druggist looked down at her. She looked back at him, erect, her face like a strained flag. "Why, of course," the druggist said. "If that's what you want. But the law requires you to tell what you are going to use it for."

38

On eût dit qu'elle exigeait plus que jamais que l'on reconnût la dignité attachée à la dernière des Grierson. Il semblait que ce rien de vulgarité terrestre ne faisait qu'affirmer davantage son impénétrabilité. C'est comme le jour où elle acheta la mort aux rats, l'arsenic. C'était plus d'un an après qu'on avait commencé à dire : «Pauvre Emily», et pendant que ses deux cousines habitaient avec elle.

«Je voudrais du poison», dit-elle au droguiste. Elle avait plus de trente ans alors. Elle était encore mince, quoique plus maigre que d'habitude, avec des yeux noirs, froids et hautains dans un visage dont la peau se tirait vers les tempes et autour des yeux comme il semblerait que dût être le visage d'un gardien de phare. «Je voudrais du poison, dit-elle.

—Bien, Miss Emily. Quelle espèce de poison ? pour des rats ou quelque chose de ce genre ? Je vous recomman...

—Je veux le meilleur que vous ayez. Peu m'importe lequel.»

Le droguiste en énuméra quelques-uns. «Ils tueraient un éléphant. Mais ce que vous voulez, c'est...

—De l'arsenic, dit Miss Emily. Est-ce que c'est bon ?

—Est-ce... l'arsenic ? Mais oui, madame. Seulement ce que vous voulez...

—Je veux de l'arsenic.»

Le droguiste la regarda. Elle le dévisagea, droite, le visage comme un drapeau déployé. «Mais, naturellement, dit le droguiste, si c'est ce que vous voulez. Seulement, voilà, la loi exige que vous disiez à quoi vous voulez l'employer.»

Miss Emily just stared at him, her head tilted back in order to look him eye for eye, until he looked away and went and got the arsenic and wrapped it up. The Negro delivery boy brought her the package; the druggist didn't come back. When she opened the package at home there was written on the box, under the skull and bones: "For rats."

IV

So the next day we all said, "She will kill herself"; and we said it would be the best thing. When she had first begun to be seen with Homer Barron, we had said, "She will marry him." Then we said, "She will persuade him yet," because Homer himself had remarked—he liked men, and it was known that he drank with the younger men in the Elks' Club—that he was not a marrying man. Later we said, "Poor Emily" behind the jalousies as they passed on Sunday afternoon in the glittering buggy, Miss Emily with her head high and Homer Barron with his hat cocked and a cigar in his teeth, reins and whip in a yellow glove.

Then some of the ladies began to say that it was a disgrace to the town and a bad example to the young people.

Miss Emily se contenta de le fixer, la tête renversée afin de pouvoir le regarder les yeux dans les yeux, si bien qu'il détourna ses regards et alla chercher l'arsenic qu'il enveloppa. Le petit livreur noir lui apporta le paquet ; le droguiste ne reparut pas. Quand, arrivée chez elle, elle ouvrit le paquet, il y avait écrit sur la boîte, sous le crâne et les os en croix : «Pour les rats».

IV

Aussi, le lendemain, tout le monde disait : «Elle va se tuer», et nous trouvions que c'était ce qu'elle avait de mieux à faire. Au début de ses relations avec Homer Barron, nous avions dit : «Elle va l'épouser.» Plus tard nous dîmes : «Elle finira bien par le décider»; parce que Homer lui-même avait remarqué — il aimait la compagnie des hommes et on savait qu'il buvait avec les plus jeunes membres du Elks' Club[1] — qu'il n'était pas un type à se marier. Plus tard nous dîmes «Pauvre Emily» derrière les jalousies, quand ils passaient, le dimanche après-midi, dans le cabriolet étincelant, Miss Emily, la tête haute, et Homer Barron, le chapeau sur l'oreille, le cigare aux dents, les rênes et le fouet dans un gant jaune.

Alors quelques dames commencèrent à dire que c'était là une honte pour la ville et un mauvais exemple pour la jeunesse.

1. Société de bienfaisance fondée en 1868, dont le nom signifie «club des élans».

The men did not want to interfere, but at last the ladies forced the Baptist minister—Miss Emily's people were Episcopal—to call upon her. He would never divulge what happened during that interview, but he refused to go back again. The next Sunday they again drove about the streets, and the following day the minister's wife wrote to Miss Emily's relations in Alabama.

So she had blood-kin under her roof again and we sat back to watch developments. At first nothing happened. Then we were sure that they were to be married. We learned that Miss Emily had been to the jeweler's and ordered a man's toilet set in silver, with the letters H.B. on each piece. Two days later we learned that she had bought a complete outfit of men's clothing, including a nightshirt, and we said, "They are married." We were really glad. We were glad because the two female cousins were even more Grierson than Miss Emily had ever been.

So we were not surprised when Homer Barron—the streets had been finished some time since—was gone. We were a little disappointed that there was not a public blowing-off, but we believed that he had gone on to prepare for Miss Emily's coming, or to give her a chance to get rid of the cousins. (By that time it was a cabal, and we were all Miss Emily's allies to help circumvent the cousins.) Sure enough, after another week they departed. And, as we had expected all along,

Les hommes n'osèrent point intervenir, mais à la fin les dames obligèrent le pasteur baptiste — la famille d'Emily était épiscopale — à aller la voir. Il ne voulut jamais révéler ce qui s'était passé au cours de cette entrevue, mais il refusa d'y retourner. Le dimanche suivant, ils sortirent encore en voiture et, le lendemain, la femme du pasteur écrivit aux parents d'Emily, en Alabama.

Elle eut donc à nouveau de la famille sous son toit, et tout le monde s'apprêta à suivre les événements. Tout d'abord il ne se passa rien. Ensuite, nous fûmes convaincus qu'ils allaient se marier. Nous apprîmes que Miss Emily était allée chez le bijoutier et avait commandé un nécessaire de toilette pour homme, avec les initiales H.B. sur chaque pièce. Deux jours après, nous apprîmes qu'elle avait acheté un trousseau d'homme complet, y compris une chemise de nuit, et nous dîmes : « Ils sont mariés. » Nous étions vraiment contents. Nous étions contents parce que les deux cousines étaient encore plus Grierson que Miss Emily ne l'avait jamais été.

Nous ne fûmes donc pas surpris lorsque, quelque temps après que les rues furent terminées, Homer Barron disparut. On fut un peu déçu qu'il n'y ait pas eu de réjouissances publiques, mais on crut qu'il était parti pour préparer l'arrivée de Miss Emily ou pour lui permettre de se débarrasser des cousines. (Nous formions alors une véritable cabale et nous étions tous les alliés de Miss Emily pour l'aider à circonvenir les cousines.) Ce qu'il y a de certain, c'est qu'au bout d'une semaine elles s'en allèrent. Et, comme nous nous y attendions,

within three days Homer Barron was back in town. A neighbor saw the Negro man admit him at the kitchen door at dusk one evening.

And that was the last we saw of Homer Barron. And of Miss Emily for some time. The Negro man went in and out with the market basket, but the front door remained closed. Now and then we would see her at a window for a moment, as the men did that night when they sprinkled the lime, but for almost six months she did not appear on the streets. Then we knew that this was to be expected too; as if that quality of her father which had thwarted her woman's life so many times had been too virulent and too furious to die.

When we next saw Miss Emily, she had grown fat and her hair was turning gray. During the next few years it grew grayer and grayer until it attained an even pepper-and-salt iron-gray, when it ceased turning. Up to the day of her death at seventy-four it was still that vigorous iron-gray, like the hair of an active man.

From that time on her front door remained closed, save for a period of six or seven years, when she was about forty, during which she gave lessons in china-painting. She fitted up a studio in one of the downstairs rooms, where the daughters and granddaughters of Colonel Sartoris' contemporaries were sent to her with the same regularity and in the same spirit that they were sent to church on Sundays

trois jours ne s'étaient pas écoulés que Homer Barron était de retour dans notre ville. Un voisin vit le Noir le faire entrer par la porte de la cuisine, un soir, au crépuscule.

Nous ne revîmes plus jamais Homer Barron et, pendant quelque temps, nous ne vîmes pas Emily non plus. Le Noir entrait et sortait avec son panier de marché, mais la porte d'entrée restait close. De temps à autre, nous la voyions un moment à sa fenêtre, comme le soir où les hommes allèrent répandre de la chaux chez elle, mais pendant plus de six mois elle ne parut pas dans les rues. Nous comprîmes qu'il fallait aussi s'attendre à cela; comme si cet aspect du caractère de son père qui avait si souvent contrarié sa vie de femme avait été trop virulent, trop furieux pour mourir.

Quand nous revîmes Miss Emily, elle était devenue obèse et ses cheveux grisonnaient. Dans les années suivantes, elle devint de plus en plus grise jusqu'au moment où, ayant pris une couleur gris fer poivre et sel, sa chevelure ne changea plus. Le jour de sa mort, à soixante-quatorze ans, ses cheveux étaient encore de ce gris fer vigoureux, comme ceux d'un homme actif.

À dater de cette époque, sa porte resta fermée, sauf pendant une période de six ou sept ans, alors que, âgée d'environ quarante ans, elle donnait des leçons de peinture sur porcelaine. Elle installa, dans une des pièces du rez-de-chaussée, un atelier où les filles et les petites-filles des contemporains du colonel Sartoris lui furent envoyées avec la même régularité et dans le même esprit qu'elles étaient envoyées au temple le dimanche,

with a twenty-five-cent piece for the collection plate. Meanwhile her taxes had been remitted.

Then the newer generation became the backbone and the spirit of the town, and the painting pupils grew up and fell away and did not send their children to her with boxes of color and tedious brushes and pictures cut from the ladies' magazines. The front door closed upon the last one and remained closed for good. When the town got free postal delivery, Miss Emily alone refused to let them fasten the metal numbers above her door and attach a mailbox to it. She would not listen to them.

Daily, monthly, yearly we watched the Negro grow grayer and more stooped, going in and out with the market basket. Each December we sent her a tax notice, which would be returned by the post office a week later, unclaimed. Now and then we would see her in one of the downstairs windows—she had evidently shut up the top floor of the house—like the carven torso of an idol in a niche, looking or not looking at us, we could never tell which. Thus she passed from generation to generation—dear, inescapable, impervious, tranquil, and perverse.

And so she died. Fell ill in the house filled with dust and shadows, with only a doddering Negro man to wait on her. We did not even know she was sick; we had long since given up trying to get any information from the Negro. He talked to no one,

avec une pièce de vingt-cinq sous pour la quête. Cependant elle avait été exemptée d'impôts.

La nouvelle génération devint alors le pilier, l'âme de la ville, et les élèves du cours de peinture grandirent et se dispersèrent et ne lui envoyèrent pas leurs filles avec des boîtes de couleurs, des pinceaux ennuyeux et des images découpées dans les journaux de dames. La porte se referma sur la dernière élève et resta fermée pour de bon. Quand la ville obtint la distribution gratuite du courrier, Miss Emily fut la seule à refuser de laisser mettre un numéro au-dessus de sa porte et d'y laisser fixer une boîte à lettres. Elle ne voulut rien entendre.

Tous les jours, tous les mois, tous les ans, nous regardions le Noir, de plus en plus gris, de plus en plus voûté, entrer et sortir avec son panier de marché. À chaque mois de décembre on lui envoyait une feuille d'imposition que la poste nous retournait la semaine suivante avec la mention « non réclamée ». De temps à autre nous l'apercevions à une des fenêtres du rez-de-chaussée — elle avait évidemment fermé le premier — semblable au torse sculpté d'une idole dans sa niche, et nous ne savions jamais si elle nous regardait ou si elle ne nous regardait pas. Et elle passa ainsi de génération en génération, précieuse, inévitable, impénétrable, tranquille et perverse.

Et puis elle mourut. Elle tomba malade dans la maison remplie d'ombres et de poussière avec, pour toute aide, son vieux Noir gâteux. Nous ne sûmes même pas qu'elle était malade ; il y avait longtemps que nous avions renoncé à obtenir des renseignements du Noir. Il ne parlait à personne,

probably not even to her, for his voice had grown harsh and rusty, as if from disuse.

She died in one of the downstairs rooms, in a heavy walnut bed with a curtain, her gray head propped on a pillow yellow and moldy with age and lack of sunlight.

V

The Negro met the first of the ladies at the front door and let them in, with their hushed, sibilant voices and their quick, curious glances, and then he disappeared. He walked right through the house and out the back and was not seen again.

The two female cousins came at once. They held the funeral on the second day, with the town coming to look at Miss Emily beneath a mass of bought flowers, with the crayon face of her father musing profoundly above the bier and the ladies sibilant and macabre; and the very old men—some in their brushed Confederate uniforms—on the porch and the lawn, talking of Miss Emily as if she had been a contemporary of theirs, believing that they had danced with her and courted her perhaps, confusing time with its mathematical progression, as the old do, to whom all the past is not a diminishing road but, instead, a huge meadow which no winter ever quite touches, divided from them now by the narrow bottle-neck of the most recent decade of years.

même pas à elle probablement, car sa voix était devenue rauque et rouillée, comme à force de ne pas servir.

Elle mourut dans une des pièces du rez-de-chaussée, dans un lit en noyer massif garni d'un rideau, sa tête grise soulevée par un oreiller jauni et moisi par l'âge et le manque de soleil.

V

Le Noir vint à la porte recevoir la première des dames. Il les fit entrer avec leurs voix assourdies et chuchotantes, leurs coups d'œil rapides et furtifs, puis il disparut. Il traversa toute la maison, sortit par-derrière et on ne le revit plus jamais.

Les deux cousines arrivèrent tout de suite. Elles firent procéder à l'enterrement le second jour. Toute la ville vint regarder Miss Emily sous une masse de fleurs achetées. Le portrait au crayon de son père rêvait d'un air profond au-dessus de la bière, les dames chuchotaient, macabres, et, sur la galerie et sur la pelouse, les très vieux messieurs — quelques-uns dans leurs uniformes bien brossés de Confédérés — parlaient de Miss Emily comme si elle avait été leur contemporaine, se figurant qu'ils avaient dansé avec elle, qu'ils l'avaient courtisée peut-être, confondant le temps et sa progression mathématique, comme font les vieillards pour qui le passé n'est pas une route qui diminue mais, bien plutôt, une vaste prairie que l'hiver n'atteint jamais, séparé d'eux maintenant par l'étroit goulot de bouteille des dix dernières années.

Already we knew that there was one room in that region above stairs which no one had seen in forty years, and which would have to be forced. They waited until Miss Emily was decently in the ground before they opened it.

The violence of breaking down the door seemed to fill this room with pervading dust. A thin, acrid pall as of the tomb seemed to lie everywhere upon this room decked and furnished as for a bridal: upon the valance curtains of faded rose color, upon the rose-shaded lights, upon the dressing table, upon the delicate array of crystal and the man's toilet things backed with tarnished silver, silver so tarnished that the monogram was obscured. Among them lay a collar and tie, as if they had just been removed, which, lifted, left upon the surface a pale crescent in the dust. Upon a chair hung the suit, carefully folded; beneath it the two mute shoes and the discarded socks.

The man himself lay in the bed.

For a long while we just stood there, looking down at the profound and fleshless grin. The body had apparently once lain in the attitude of an embrace, but now the long sleep that outlasts love, that conquers even the grimace of love, had cuckolded him. What was left of him, rotted beneath what was left of the nightshirt, had become inextricable from the bed in which he lay; and upon him and upon the pillow beside him lay that even coating of the patient and biding dust.

Nous savions déjà qu'au premier étage il y avait une chambre qui n'avait pas été ouverte depuis quarante ans et dont il nous faudrait enfoncer la porte. On attendit pour l'ouvrir que Miss Emily fût décemment ensevelie.

Sous la violence du choc, quand on défonça la porte, la chambre parut s'emplir d'une poussière pénétrante. On aurait dit qu'un poêle mortuaire, ténu et âcre, était déployé sur tout ce qui se trouvait dans cette chambre parée et meublée comme pour des épousailles, sur les rideaux de damas d'un rose passé, sur les abat-jour roses des lampes, sur la coiffeuse, sur les délicats objets de cristal, sur les pièces du nécessaire de toilette avec leur dos d'argent terni, si terni que le monogramme en était obscurci. Parmi ces pièces se trouvaient un col et une cravate, comme si on venait juste de les enlever. Quand on les souleva, ils laissèrent sur la surface un pâle croissant dans la poussière. Le costume était soigneusement plié sur une chaise sous laquelle étaient les chaussettes et les souliers muets.

L'homme lui-même était couché sur le lit.

Pendant longtemps, nous restâmes là, immobiles, regardant son rictus profond et décharné. On voyait que, pendant un temps, le corps avait dû reposer dans l'attitude de l'étreinte, mais le grand sommeil qui survit à l'amour, le grand sommeil qui vainc même la grimace de l'amour l'avait trompé. Ce qui restait de lui, décomposé sous ce qui restait de la chemise de nuit, était devenu inséparable du lit sur lequel il était couché ; et sur lui, comme sur l'oreiller à côté de lui, reposait cette couche unie de poussière tenace et patiente.

Then we noticed that in the second pillow was the indentation of a head. One of us lifted something from it, and leaning forward, that faint and invisible dust dry and acrid in the nostrils, we saw a long strand of iron-gray hair.

Nous remarquâmes alors que l'empreinte d'une tête creusait l'autre oreiller. L'un d'entre nous y saisit quelque chose et, en nous penchant, tandis que la fine, l'impalpable poussière nous emplissait le nez de son âcre sécheresse, nous vîmes que c'était un cheveu, un long cheveu, un cheveu couleur gris fer.

That Evening Sun
Soleil couchant

THAT EVENING SUN

I

Monday is no different from any other weekday in Jefferson now. The streets are paved now, and the telephone and electric companies are cutting down more and more of the shade trees—the water oaks, the maples and locusts and elms—to make room for iron poles bearing clusters of bloated and ghostly and bloodless grapes, and we have a city laundry which makes the rounds on Monday morning, gathering the bundles of clothes into bright-colored, specially-made motor cars: the soiled wearing of a whole week now flees apparition-like behind alert and irritable electric horns, with a long diminishing noise of rubber and asphalt like tearing silk, and even the Negro women who still take in white people's washing after the old custom, fetch and deliver it in automobiles.

But fifteen years ago, on Monday morning the quiet, dusty, shady streets would be full of Negro women with, balanced on their steady, turbaned heads, bundles of clothes tied up in sheets,

SOLEIL COUCHANT

I

Aujourd'hui, à Jefferson, le lundi ne diffère pas des autres jours de la semaine. Les rues sont goudronnées maintenant et les compagnies de téléphone et d'électricité coupent chaque jour un peu plus d'arbres — chênes, érables, acacias, ormes — pour les remplacer par des poteaux en fonte porteurs de grappes de raisins boursouflés, spectraux, exsangues, et nous avons une blanchisserie municipale qui fait sa tournée le lundi matin, entassant les paquets de linge dans des autos spéciales peintes de couleur vive : le linge sale de toute une semaine s'enfuit maintenant comme un fantôme derrière d'alertes et irascibles trompes électriques, avec un long bruit décroissant de caoutchouc et d'asphalte semblable à la soie qu'on déchire ; et même les Noires, qui, comme autrefois, lavent le linge des Blancs, viennent le chercher et le rapportent en automobile.

Mais, il y a quinze ans, le lundi matin, les rues paisibles, poudreuses et ombragées regorgeaient de Noires portant en équilibre sur leur tête immobile et enturbannée des paquets de linge, noués dans des draps,

almost as large as cotton bales, carried so without touch of hand between the kitchen door of the white house and the blackened washpot beside a cabin door in Negro Hollow.

Nancy would set her bundle on the top of her head, then upon the bundle in turn she would set the black straw sailor hat which she wore winter and summer. She was tall, with a high, sad face sunken a little where her teeth were missing. Sometimes we would go a part of the way down the lane and across the pasture with her, to watch the balanced bundle and the hat that never bobbed nor wavered, even when she walked down into the ditch and up the other side and stooped through the fence. She would go down on her hands and knees and crawl through the gap, her head rigid, uptilted, the bundle steady as a rock or a balloon, and rise to her feet again and go on.

Sometimes the husbands of the washing women would fetch and deliver the clothes, but Jesus never did that for Nancy, even before father told him to stay away from our house, even when Dilsey was sick and Nancy would come to cook for us.

And then about half the time we'd have to go down the lane to Nancy's cabin and tell her to come on and cook breakfast. We would stop at the ditch, because father told us to not have anything to do with Jesus—he was a short black man, with a razor scar down his face—and we would throw rocks at Nancy's house until she came to the door,

presque aussi gros que des balles de coton. Elles les portaient ainsi, sans y mettre la main, entre la porte de la cuisine des maisons blanches et la lessiveuse enfumée, près de la porte de leur case, dans le quartier noir.

Nancy plaçait son ballot sur sa tête, puis, sur le ballot, elle posait le chapeau marin en paille noire qu'elle portait hiver comme été. Elle était grande, avec un long visage triste, légèrement rentré là où manquaient les dents. Parfois, nous l'accompagnions un moment dans l'allée et à travers la prairie pour regarder le ballot qui se balançait et le chapeau qui ne tressautait ni ne vacillait jamais, même quand elle descendait dans le fossé et remontait de l'autre côté, même quand elle se baissait pour franchir la clôture. Elle se mettait à quatre pattes et rampait par le trou, la tête droite, rigide, le ballot aussi ferme qu'un roc ou un ballon, puis elle se relevait et continuait sa route.

Parfois, le mari des blanchisseuses allait chercher le linge et le rapportait, mais Jésus ne fit jamais cela pour Nancy, même avant le jour où notre père lui interdit de s'approcher de chez nous, même lors de la maladie de Dilsey, quand Nancy venait faire notre cuisine.

Le plus souvent il nous fallait alors descendre le sentier jusqu'à la case de Nancy pour lui dire de venir préparer notre petit déjeuner. Nous nous arrêtions au fossé parce que notre père nous avait bien recommandé de n'avoir aucun rapport avec Jésus — c'était un petit homme noir, la figure balafrée d'un coup de rasoir — et nous jetions des pierres sur la maison de Nancy jusqu'à ce qu'elle vînt,

leaning her head around it without any clothes on.

"What yawl mean, chunking my house?" Nancy said. "What you little devils mean?"

"Father says for you to come on and get breakfast," Caddy said. "Father says it's over a half an hour now, and you've got to come this minute."

"I aint studying no breakfast," Nancy said. "I going to get my sleep out."

"I bet you're drunk," Jason said. "Father says you're drunk. Are you drunk, Nancy?"

"Who says I is?" Nancy said. "I got to get my sleep out. I aint studying no breakfast."

So after a while we quit chunking the cabin and went back home. When she finally came, it was too late for me to go to school. So we thought it was whisky until that day they arrested her again and they were taking her to jail and they passed Mr Stovall. He was the cashier in the bank and a deacon in the Baptist church, and Nancy began to say:

"When you going to pay me, white man? When you going to pay me, white man? It's been three times now since you paid me a cent—" Mr Stovall knocked her down, but she kept on saying, "When you going to pay me, white man? It's been three times now since—" until Mr Stovall kicked her in the mouth with his heel and the marshal caught Mr Stovall back, and Nancy lying in the street, laughing. She turned her head and spat out some blood and teeth and said, "It's been three times now since he paid me a cent."

nue, passer sa tête par l'entrebâillement de la porte.

« Qu'est-ce que c'est que ces manières, jeter des pierres sur ma maison ! disait Nancy. Qu'est-ce que c'est que ça, petits démons ?

— Papa te fait dire de venir préparer le déjeuner, disait Caddy. Papa dit que ça fait déjà une demi-heure et qu'il faut venir tout de suite.

— Y a pas de déjeuner qui tienne, disait Nancy. J'veux dormir tout mon content.

— Je parie que t'es saoule, disait Jason. Papa dit que t'es saoule. T'es saoule, Nancy ?

— Qui dit ça ? disait Nancy. J'veux dormir tout mon content. Y a pas de déjeuner qui tienne. »

Alors, au bout d'un instant, nous cessions de lancer des pierres sur la case et nous retournions chez nous. Quand elle se décidait à arriver, il était déjà trop tard pour que j'aille à l'école. Nous pensions que c'était la faute du whisky jusqu'au jour où, ayant été de nouveau arrêtée, elle croisa Mr Stovall comme on la menait en prison. Mr Stovall était caissier à la banque et diacre au temple baptiste ; et Nancy se mit à dire :

« Eh, vous, le Blanc, quand c'est-il que vous allez me payer ? Quand c'est-il que vous allez me payer ? Voilà trois fois qu'vous m'payez pas un *cent*... » Mr Stovall la jeta par terre, mais elle répétait toujours : « Quand c'est-il que vous allez me payer ? Voilà trois fois qu'vous... » Finalement, Mr Stovall lui donna un coup de talon dans la bouche, et le sergent de ville fit reculer Mr Stovall, et Nancy riait, couchée dans la rue. Elle avait tourné la tête, craché du sang et des dents, et dit : « C'est la troisième fois qu'il n'me paie pas un *cent*. »

That was how she lost her teeth, and all that day they told about Nancy and Mr Stovall, and all that night the ones that passed the jail could hear Nancy singing and yelling. They could see her hands holding to the window bars, and a lot of them stopped along the fence, listening to her and to the jailer trying to make her stop. She didn't shut up until almost daylight, when the jailer began to hear a bumping and scraping upstairs and he went up there and found Nancy hanging from the window bar. He said that it was cocaine and not whisky, because no nigger would try to commit suicide unless he was full of cocaine, because a nigger full of cocaine wasn't a nigger any longer.

The jailer cut her down and revived her; then he beat her, whipped her. She had hung herself with her dress. She had fixed it all right, but when they arrested her she didn't have on anything except a dress and so she didn't have anything to tie her hands with and she couldn't make her hands let go of the window ledge. So the jailer heard the noise and ran up there and found Nancy hanging from the window, stark naked, her belly already swelling out a little, like a little balloon.

When Dilsey was sick in her cabin and Nancy was cooking for us, we could see her apron swelling out; that was before father told Jesus to stay away from the house. Jesus was in the kitchen, sitting behind the stove, with his razor scar on his black face like a piece of dirty string. He said it was a watermelon that Nancy had under her dress.

C'est ainsi qu'elle perdit ses dents. Et, toute la journée, on ne parla que de Nancy et de Mr Stovall, et, toute la nuit, ceux qui passèrent devant la prison purent entendre Nancy chanter et hurler. Ils purent voir ses mains crispées aux barreaux de la fenêtre, et beaucoup s'arrêtaient le long de la palissade pour les écouter, elle et le geôlier qui s'efforçait de la faire taire. Elle ne se tut qu'à l'aube. C'est alors que le geôlier commença à entendre des coups et des grattements au-dessus de sa tête. Il monta et trouva Nancy pendue à un barreau de la fenêtre. Il dit que c'était la cocaïne et non pas le whisky, car jamais un nègre ne tenterait de se suicider à moins qu'il ne soit plein de cocaïne, parce qu'un nègre plein de cocaïne n'est plus un nègre.

Le geôlier coupa la corde et ranima Nancy, puis il la battit, la fouetta. Elle s'était pendue avec sa robe. Elle avait bien pu l'assujettir, mais, au moment de son arrestation, elle n'avait que sa robe sur elle, elle n'avait donc rien pour s'attacher les mains, et elle n'avait pas pu leur faire lâcher l'appui de la fenêtre. C'est pourquoi le geôlier avait entendu du bruit et était monté. Et il avait trouvé Nancy pendue à la fenêtre, nue comme un ver, le ventre un peu gonflé déjà, comme un petit ballon.

Quand Dilsey était malade, dans sa case, et que Nancy venait nous faire la cuisine, nous pouvions remarquer que son tablier était bombé. C'était avant que notre père ait dit à Jésus de ne plus venir chez nous. Jésus était dans la cuisine, assis derrière le fourneau, avec, sur sa face noire, sa balafre qui ressemblait à un bout de ficelle sale. Il dit que c'était un melon d'eau que Nancy avait sous sa robe.

"It never come off of your vine, though," Nancy said.

"Off of what vine?" Caddy said.

"I can cut down the vine it did come off of," Jesus said.

"What makes you want to talk like that before these chillen?" Nancy said. "Whyn't you go on to work? You done et. You want Mr Jason to catch you hanging around his kitchen, talking that way before these chillen?"

"Talking what way?" Caddy said. "What vine?"

"I cant hang around white man's kitchen," Jesus said. "But white man can hang around mine. White man can come in my house, but I cant stop him. When white man want to come in my house, I aint got no house. I cant stop him, but he cant kick me outen it. He cant do that."

Dilsey was still sick in her cabin. Father told Jesus to stay off our place. Dilsey was still sick. It was a long time. We were in the library after supper.

"Isn't Nancy through in the kitchen yet?" mother said. "It seems to me that she has had plenty of time to have finished the dishes."

"Let Quentin go and see," father said. "Go and see if Nancy is through, Quentin. Tell her she can go on home."

I went to the kitchen. Nancy was through. The dishes were put away and the fire was out. Nancy was sitting in a chair, close to the cold stove. She looked at me.

"Mother wants to know if you are through," I said.

«En tout cas, la tige d'où il est sorti, c'est pas la tienne, dit Nancy.

— Quelle tige? dit Caddy.

— J'pourrais bien la couper un jour, la tige d'où il est sorti, dit Jésus.

— Qu'est-ce qui te prend de parler comme ça devant ces enfants? dit Nancy. Pourquoi qu'tu n'vas pas travailler? T'as fini de manger. Tu veux que Mr Jason te trouve là, à traînasser dans sa cuisine, à parler de cette façon devant ces enfants?

— Parler de quelle façon? dit Caddy. Quelle tige?

— J'peux pas traînasser dans la cuisine des Blancs, dit Jésus, mais les Blancs peuvent bien traînasser dans la mienne. Les Blancs peuvent venir dans ma maison et j'peux pas les en empêcher. Quand un Blanc veut venir dans ma maison, je n'ai plus de maison. J'peux pas l'en empêcher mais lui, il n'peut pas me déloger. Ça non, il n'peut pas l'faire.»

Dans sa case, Dilsey était toujours malade, et papa a dit à Jésus de ne plus venir chez nous. Dilsey était toujours malade. Depuis longtemps. Nous étions dans la bibliothèque, après le dîner.

«Nancy n'a pas encore fini, dans la cuisine? dit maman. Il me semble qu'elle a eu tout le temps de faire sa vaisselle.

— Que Quentin aille voir, dit notre père. Quentin, va voir si Nancy a fini. Dis-lui qu'elle peut rentrer chez elle.»

J'allai à la cuisine. Nancy avait fini. La vaisselle était rangée, et le feu était éteint. Nancy était assise sur une chaise, tout contre le fourneau refroidi. Elle me regarda.

«Maman veut savoir si tu as fini, dis-je.

"Yes," Nancy said. She looked at me. "I done finished." She looked at me.

"What is it?" I said. "What is it?"

"I aint nothing but a nigger," Nancy said. "It aint none of my fault."

She looked at me, sitting in the chair before the cold stove, the sailor hat on her head. I went back to the library. It was the cold stove and all, when you think of a kitchen being warm and busy and cheerful. And with a cold stove and the dishes all put away, and nobody wanting to eat at that hour.

"Is she through?" mother said.

"Yessum," I said.

"What is she doing?" mother said.

"She's not doing anything. She's through."

"I'll go and see," father said.

"Maybe she's waiting for Jesus to come and take her home," Caddy said.

"Jesus is gone," I said. Nancy told us how one morning she woke up and Jesus was gone.

"He quit me," Nancy said. "Done gone to Memphis, I reckon. Dodging them city *po*-lice for a while, I reckon."

"And a good riddance," father said. "I hope he stays there."

"Nancy's scaired of the dark," Jason said.

"So are you," Caddy said.

"I'm not," Jason said.

"Scairy cat," Caddy said.

"I'm not," Jason said.

"You, Candace!" mother said. Father came back.

— Oui », dit Nancy. Elle me regardait. « J'ai fini. »
Elle me regardait.

« Qu'est-ce qu'il y a ? dis-je. Qu'est-ce qu'il y a ?

— Je suis qu'une négresse, dit Nancy, ça n'est
pas de ma faute. »

Elle me regardait, assise sur sa chaise devant le
fourneau refroidi, son chapeau de marin sur la
tête. Je retournai dans la bibliothèque. Tout cela,
ce fourneau refroidi, la cuisine qu'on s'imagine
toujours chaude, gaie, affairée. Et ce fourneau
tout froid, et la vaisselle rangée, et, à cette heure-là,
personne avec envie de manger.

« A-t-elle fini ? dit notre mère.

— Oui, dis-je.

— Qu'est-ce qu'elle fait ? dit notre mère.

— Elle ne fait rien. Elle a fini.

— Je vais voir, dit notre père.

— Elle attend peut-être que Jésus vienne la chercher, dit Caddy.

— Jésus est parti », dis-je. Nancy nous avait raconté
qu'un matin elle s'était réveillée, et Jésus était parti.

« Il m'a quittée, avait dit Nancy. Il est parti à
Memphis, je crois. Il va éviter la police municipale
pendant un moment, m'est avis.

— Bon débarras, dit notre père. J'espère qu'il
restera où il est.

— Nancy a peur dans le noir, dit Jason.

— Comme toi, dit Caddy.

— Moi, non, dit Jason.

— Poule mouillée, dit Caddy.

— Moi, non, dit Jason.

— Candace, voyons », dit notre mère. Notre père
revint.

"I am going to walk down the lane with Nancy," he said. "She says that Jesus is back."

"Has she seen him?" mother said.

"No. Some Negro sent her word that he was back in town. I wont be long."

"You'll leave me alone, to take Nancy home?" mother said. "Is her safety more precious to you than mine?"

"I wont be long," father said.

"You'll leave these children unprotected, with that Negro about?"

"I'm going too," Caddy said. "Let me go, Father."

"What would he do with them, if he were unfortunate enough to have them?" father said.

"I want to go, too," Jason said.

"Jason!" mother said. She was speaking to father. You could tell that by the way she said the name. Like she believed that all day father had been trying to think of doing the thing she wouldn't like the most, and that she knew all the time that after a while he would think of it. I stayed quiet, because father and I both knew that mother would want him to make me stay with her if she just thought of it in time. So father didn't look at me. I was the oldest. I was nine and Caddy was seven and Jason was five.

"Nonsense," father said. "We wont be long."

Nancy had her hat on. We came to the lane. "Jesus always been good to me," Nancy said. "Whenever he had two dollars, one of them was mine."

«Je vais raccompagner Nancy, dit-il. Elle dit que Jésus est revenu.

— L'a-t-elle vu? dit notre mère.

— Non. C'est un Noir qui l'a prévenue qu'il était de retour en ville. Je ne serai pas longtemps.

— Tu vas me laisser seule pour raccompagner Nancy, dit notre mère. Sa sécurité t'est donc plus précieuse que la mienne?

— Je ne serai pas longtemps, dit notre père.

— Tu vas laisser ces enfants ici, sans protection, avec ce nègre dans le voisinage?

— J'y vais moi aussi, dit Caddy. Père, laissez-moi aller avec vous.

— Qu'est-ce qu'il en ferait s'il avait le malheur de les avoir? dit notre père.

— J'veux y aller moi aussi, dit Jason.

— Jason!» dit notre mère. Elle s'adressait à notre père. On le sentait à sa manière de prononcer le nom. Comme si elle croyait que notre père avait réfléchi tout le jour pour trouver la chose qui lui serait le plus désagréable, comme si elle n'avait jamais douté qu'il finirait par la trouver. Je ne dis rien, parce que papa et moi savions tous deux que ma mère lui demanderait de me laisser avec elle, si elle y pensait à temps. Mon père ne me regardait même pas. J'étais l'aîné. J'avais neuf ans. Caddy sept, et Jason cinq.

«C'est absurde, dit notre père. Nous ne serons pas longtemps.»

Nancy était coiffée de son chapeau. Nous sommes arrivés près du sentier. «Jésus a toujours été bon pour moi, dit Nancy. Chaque fois qu'il avait deux dollars, il y en avait un pour moi.»

we walked in the lane. "If I can just get through the lane," Nancy said, "I be all right then."

The lane was always dark. "This is where Jason got scared on Hallowe'en," Caddy said.

"I didn't," Jason said.

"Cant Aunt Rachel do anything with him?" father said. Aunt Rachel was old. She lived in a cabin beyond Nancy's, by herself. She had white hair and she smoked a pipe in the door, all day long; she didn't work any more. They said she was Jesus' mother. Sometimes she said she was and sometimes she said she wasn't any kin to Jesus.

"Yes, you did," Caddy said. "You were scairder than Frony. You were scairder than T.P. even. Scairder than niggers."

"Cant nobody do nothing with him," Nancy said. "He say I done woke up the devil in him and aint but one thing going to lay it down again."

"Well, he's gone now," father said. "There's nothing for you to be afraid of now. And if you'd just let white men alone."

"Let what white men alone?" Caddy said. "How let them alone?"

"He aint gone nowhere," Nancy said. "I can feel him. I can feel him now, in this lane. He hearing us talk, every word, hid somewhere, waiting. I aint seen him, and I aint going to see him again but once more, with that razor in his mouth. That razor on that string down his back, inside his shirt. And then I aint going to be even surprised."

Nous nous sommes engagés dans le sentier. «Si j'arrive au bout de ce sentier, dit Nancy, tout ira bien.»

Le sentier était toujours noir. «C'est ici que Jason a eu peur, le soir de Halloween, dit Caddy.

— C'est pas vrai, dit Jason.

— La mère Rachel ne peut donc rien faire de lui?» dit notre père. La mère Rachel était vieille. Elle habitait seule dans une case derrière celle de Nancy. Elle avait des cheveux blancs et, toute la journée, elle fumait sa pipe sur le pas de sa porte. Elle ne travaillait plus. On disait qu'elle était la mère de Jésus. Parfois elle l'admettait, d'autres fois, elle disait qu'elle n'était même pas parente.

«Si, c'est vrai, dit Caddy. T'avais plus peur que Frony. T'avais même plus peur que T.P. T'avais plus peur que les nègres.

— On ne peut rien faire de lui, dit Nancy. Il dit que j'ai réveillé le diable en lui, et qu'il n'y a qu'une chose pour le faire rendormir.

— Enfin, il est parti, dit notre père. Tu n'as donc plus rien à craindre. Seulement tu ferais mieux de laisser un peu les Blancs tranquilles.

— Laisser les Blancs tranquilles? dit Caddy. Comment qu'on peut laisser les Blancs tranquilles, papa?

— Il est pas parti, dit Nancy. Je sens qu'il est là. Je le sens en ce moment même, là, dans le sentier. Il nous entend parler, chaque mot, caché quelque part, aux aguets. Je ne l'ai pas revu, et je ne le reverrai qu'une seule fois, avec ce rasoir dans la bouche. Ce rasoir pendu dans le dos, à une ficelle, sous sa chemise. Et je ne serai même pas étonnée.

"I wasn't scaired," Jason said.

"If you'd behave yourself, you'd have kept out of this," father said. "But it's all right now. He's probably in St. Louis now. Probably got another wife by now and forgot all about you."

"If he has, I better not find out about it," Nancy said. "I'd stand there right over them, and every time he wropped her, I'd cut that arm off. I'd cut his head off and I'd slit her belly and I'd shove—"

"Hush," father said.

"Slit whose belly, Nancy?" Caddy said.

"I wasn't scaired," Jason said. "I'd walk right down this lane by myself."

"Yah," Caddy said. "You wouldn't dare to put your foot down in it if we were not here too."

II

Dilsey was still sick, so we took Nancy home every night until mother said, "How much longer is this going on? I to be left alone in this big house while you take home a frightened Negro?"

We fixed a pallet in the kitchen for Nancy. One night we waked up, hearing the sound. It was not singing and it was not crying, coming up the dark stairs. There was a light in mother's room

—J'avais pas peur, dit Jason.

—Si tu t'étais tenue comme il faut, tout ça ne serait pas arrivé, dit notre père. Mais il n'y a plus de danger. Il est probablement à Saint Louis à l'heure qu'il est. Il a probablement une autre femme maintenant, et il ne pense plus à toi.

—S'il est avec une autre, vaut autant que j'en sache rien, dit Nancy. J'me tiendrais là, juste au-dessus d'eux, chaque fois qu'il la toucherait, j'lui couperais le bras. J'lui couperais la tête, et à elle, j'lui fendrais le ventre et j'y fourrerais…

—Chut, dit notre père.

—À qui que tu fendrais le ventre, Nancy? dit Caddy.

—J'avais pas peur, dit Jason. Je descendrais bien le sentier tout seul.

—Ah oui? dit Caddy. T'oserais même pas y mettre le pied, si nous n'étions pas avec toi. »

II

Dilsey était toujours malade, et, chaque soir, nous ramenions Nancy chez elle, si bien que notre mère dit un jour : «Est-ce que ça va durer long-temps? Me laisser seule ainsi, dans cette grande maison, pour accompagner une négresse peureuse! »

On dressa un lit de camp dans la cuisine pour Nancy. Une nuit, nous nous sommes réveillés en entendant le bruit. Ce n'était pas un chant, ce n'étaient pas des pleurs, ça montait l'escalier obs-cur. Il y avait de la lumière dans la chambre de notre mère,

and we heard father going down the hall, down the back stairs, and Caddy and I went into the hall. The floor was cold. Our toes curled away from it while we listened to the sound. It was like singing and it wasn't like singing, like the sounds that Negroes make.

Then it stopped and we heard father going down the back stairs, and we went to the head of the stairs. Then the sound began again, in the stairway, not loud, and we could see Nancy's eyes halfway up the stairs, against the wall. They looked like cat's eyes do, like a big cat against the wall, watching us. When we came down the steps to where she was, she quit making the sound again, and we stood there until father came back up from the kitchen, with his pistol in his hand. He went back down with Nancy and they came back with Nancy's pallet.

We spread the pallet in our room. After the light in mother's room went off, we could see Nancy's eyes again. "Nancy," Caddy whispered, "are you asleep, Nancy?"

Nancy whispered something. It was oh or no, I dont know which. Like nobody had made it, like it came from nowhere and went nowhere, until it was like Nancy was not there at all; that I had looked so hard at her eyes on the stairs that they had got printed on my eyeballs, like the sun does when you have closed your eyes and there is no sun. "Jesus," Nancy whispered. "Jesus."

et nous avons entendu notre père qui suivait le couloir et descendait par l'escalier de service, et Caddy et moi, nous sommes sortis dans le corridor. Le plancher était froid. Tandis que nous écoutions le bruit, nos orteils se recroquevillaient. On aurait dit un chant et pourtant ça ne ressemblait pas à un chant, aux sons que les Noirs émettent.

Puis, ça s'est arrêté, et nous avons entendu notre père descendre l'escalier de service, et nous nous sommes avancés jusqu'au haut de l'escalier. Alors, le bruit a recommencé dans la cage de l'escalier, pas très fort, et nous avons aperçu les yeux de Nancy, à mi-hauteur dans l'escalier, tout contre le mur. Ils ressemblaient à des yeux de chat, comme un gros chat contre le mur qui nous aurait regardés. Quand nous sommes descendus vers elle, elle a cessé son bruit, et nous sommes restés là, sans bouger, jusqu'à ce que notre père soit remonté de la cuisine, son revolver à la main. Il est redescendu avec Nancy et ils sont revenus avec le lit de Nancy.

Nous avons dressé le lit dans notre chambre. Une fois la lumière éteinte dans la chambre de notre mère, nous avons pu voir les yeux de Nancy. «Nancy, murmura Caddy, tu dors, Nancy?»

Nancy murmura quelque chose : oh, ou *no*, je ne sais pas. Comme si personne ne l'avait dit, comme si ça ne venait de nulle part pour s'en aller nulle part, au point que Nancy semblait n'être plus là. Et j'avais regardé ses yeux si fixement, dans l'escalier, qu'ils s'étaient imprimés dans mes prunelles, comme fait le soleil quand on a fermé les yeux et que le soleil n'est plus là. «Jésus, murmura Nancy. Jésus.

"Was it Jesus?" Caddy said. "Did he try to come into the kitchen?"

"Jesus," Nancy said. Like this: Jeeeeeeeee-eeeeeesus, until the sound went out, like a match or a candle does.

"It's the other Jesus she means," I said.

"Can you see us, Nancy?" Caddy whispered. "Can you see our eyes too?"

"I aint nothing but a nigger," Nancy said. "God knows. God knows."

"What did you see down there in the kitchen?" Caddy whispered. "What tried to get in?"

"God knows," Nancy said. We could see her eyes. "God knows."

Dilsey got well. She cooked dinner. "You'd better stay in bed a day or two longer," father said.

"What for?" Dilsey said. "If I had been a day later, this place would be to rack and ruin. Get on out of here now, and let me get my kitchen straight again."

Dilsey cooked supper too. And that night, just before dark, Nancy came into the kitchen.

"How do you know he's back?" Dilsey said. "You aint seen him."

"Jesus is a nigger," Jason said.

"I can feel him," Nancy said. "I can feel him laying yonder in the ditch."

"Tonight?" Dilsey said. "Is he there tonight?"

"Dilsey's a nigger too," Jason said.

"You try to eat something," Dilsey said.

"I dont want nothing," Nancy said.

"I aint a nigger," Jason said.

76

1   Couverture de *Treize histoires*,
publié chez Cape and Smith, New York, en 1931.

2

Toute l'œuvre de Faulkner tourne autour de ce comté de Yoknapatawpha qui est une transposition imaginaire du comté de Lafayette, dans le Mississippi du nord, où l'écrivain vécut presque toute sa vie.

2 Plantation de coton au bord du Mississippi, vers 1884, lithographie de Currier and Ives.

3 Une ville du Mississippi dans les années 60, photo de Erich Hartmann.

4 Transport de coton aux États-Unis.

3

4

5

« Les gens de la ville qui se rappelaient comment la vieille Mrs Wyatt, sa grande-tante, avait fini par devenir complètement folle, trouvaient que les Grierson se croyaient peut-être un peu trop supérieurs, étant donné ce qu'ils étaient. »

5   Portrait de famille, photo de Augustus Upitis.

6   Groupe d'enfants noirs dans une ville du Sud, photographie des années 30.

« Alors, dit-il, c'est comme ça que vous laissez un salaud de nègre violer une Blanche dans les rues de Jefferson sans rien faire? »

7   Scène de lynchage dans les années 20.

6

7

8

9

« Nous nous les étions souvent imaginés comme des personnages de tableau : dans le fond, Miss Emily, élancée, vêtue de blanc... »

« Elle avait plus de trente ans alors. Elle était encore mince, quoique plus maigre que d'habitude, avec des yeux noirs, froids et hautains dans un visage dont la peau se tirait vers les tempes et autour des yeux comme il semblerait que dût être le visage d'un gardien de phare. »

8   Whistler : *Symphony in white n. 2*, 1864, Tate Gallery, Londres.

9   Alfred Henry Maurer : *Modèle tenant un éventail japonais*, (détail), Christie's, Londres.

En 1925, quand Faulkner rentre à
Oxford de Paris, où il avait sé-
journé six mois, c'est pour y rester. Il se marie et achète la belle
demeure de *Rowan Oak* qui l'en-
dette pour quinze ans. Holly-
wood, qui s'intéresse à lui, et la
publication d'une nouvelle de
temps à autre dans un magazine
littéraire, lui permettent de conti-
nuer à écrire des livres qui ne se
vendent pas.

10   Couverture du *Scribner's Magazine*, où fut publié, en janvier 1931, *Septembre ardent*.

11   *The American Mercury* qui publia *Soleil couchant* en mars 1931.

12   William Faulkner devant sa
maison à Oxford, photo d'Henri
Cartier-Bresson.

13

« Aujourd'hui, à Jefferson, le lundi ne diffère pas des autres jours de la semaine. Les rues sont goudronnées maintenant et les compagnies de téléphone et d'électricité coupent chaque jour un peu plus d'arbres... »

13   E. Hopper: *Rue à Gloucester*, 1940, Cincinnati Museum of Art.

14   Lafayette en Louisiane, photo Claude Stefan.

15   Greenville, le long du Mississippi.

14

15

16

Avec le prix Nobel de littérature qu'il reçoit le 10 novembre 1949, la vie de l'écrivain devient plus publique. Il en accepte les responsabilités, comme sa charge d'ambassadeur itinérant du président Eisenhower.
16   William Faulkner à l'Ambassade américaine à Paris le 19 septembre 1955.

17   Le 24 novembre 1951, William Faulkner se voit décerner le grade d'officier de la Légion d'honneur par Lionel Vasse, consul général de France à La Nouvelle-Orléans.

18   Caricature de William Faulkner.

17

18

19

19, 20   William Faulkner aux États-Unis dans les années 50.
« Bon Dieu, c'est bien moi le meilleur écrivain d'Amérique », lettre à Robert
Haas, 1939.

20

« Pas un mouvement, pas un bruit, pas même un insecte. On eût dit que le monde obscur gisait, abattu, entre la pâleur froide de la lune et l'insomnie des étoiles. »
21   Maison dans le sud des États-Unis, photo de Inge Morath.

—C'était Jésus? dit Caddy. Il a essayé d'entrer dans la cuisine?

—Jésus», dit Nancy. Comme ça : Jéeeeeeeeeeeeeeeesus jusqu'au moment où le nom s'éteignit comme une allumette ou une bougie.

«C'est de l'autre Jésus qu'elle parle, dis-je.

—Dis, tu peux nous voir, Nancy? murmura Caddy. Tu peux voir nos yeux aussi?

—Je ne suis rien qu'une négresse, dit Nancy. Dieu le sait. Dieu le sait.

—Qu'est-ce que tu as vu, en bas, dans la cuisine? murmura Caddy. Qu'est-ce qui a essayé d'entrer?

—Dieu le sait», dit Nancy. Nous pouvions voir ses yeux. «Dieu le sait.»

Dilsey guérit. Elle prépara le déjeuner. «Il aurait mieux valu rester au lit un ou deux jours de plus, dit notre père.

—Pourquoi? dit Dilsey. Si j'avais tardé un jour de plus, cette cuisine aurait été une ruine. Allez, sortez-vous d'ici, maintenant et laissez-moi remettre de l'ordre dans ma cuisine.»

Dilsey prépara le dîner aussi. Et, ce soir-là, juste avant la nuit, Nancy entra dans la cuisine.

«Comment sais-tu qu'il est revenu? dit Dilsey. Tu ne l'as point vu.

—Jésus est un nègre, dit Jason.

—Je l'sens bien, dit Nancy. Je sens qu'il est couché, là-bas, dans le fossé.

—Ce soir? dit Dilsey. Il y est ce soir?

—Dilsey aussi est nègre, dit Jason.

—Essaye donc de manger quelque chose, dit Dilsey.

—Je n'veux rien, dit Nancy.

—Moi, j'suis pas nègre, dit Jason.

"Drink some coffee," Dilsey said. She poured a cup of coffee for Nancy. "Do you know he's out there tonight? How come you know it's tonight?"

"I know," Nancy said. "He's there, waiting. I know. I done lived with him too long. I know what he is fixing to do fore he know it himself."

"Drink some coffee," Dilsey said. Nancy held the cup to her mouth and blew into the cup. Her mouth pursed out like a spreading adder's, like a rubber mouth, like she had blown all the color out of her lips with blowing the coffee.

"I aint a nigger," Jason said. "Are you a nigger, Nancy?"

"I hellborn, child," Nancy said. "I wont be nothing soon. I going back where I come from soon."

III

She began to drink the coffee. While she was drinking, holding the cup in both hands, she began to make the sound again. She made the sound into the cup and the coffee sploshed out onto her hands and her dress. Her eyes looked at us and she sat there, her elbows on her knees, holding the cup in both hands, looking at us across the wet cup, making the sound. "Look at Nancy," Jason said. "Nancy cant cook for us now. Dilsey's got well now."

"You hush up," Dilsey said. Nancy held the cup in both hands, looking at us, making the sound,

—Prends du café », dit Dilsey. Elle versa une tasse de café à Nancy. « Es-tu sûre qu'il est là-bas, ce soir ? Comment sais-tu que c'est pour ce soir ?

—Je sais, dit Nancy. Il est là-bas. Il guette. Je sais. J'ai vécu trop longtemps avec lui. Je sais ce qu'il va faire avant même qu'il le sache lui-même.

—Bois un peu de café », dit Dilsey. Nancy porta la tasse à ses lèvres et souffla sur le café. Sa bouche se plissa comme celle d'un aspic, comme une bouche en caoutchouc, comme si, en soufflant sur le café, elle avait fait s'envoler toute la couleur de ses lèvres.

« Moi, j'suis pas nègre, dit Jason. Et toi, t'es nègre, Nancy ?

—J'suis fille de l'Enfer, mon enfant, dit Nancy. Bientôt j'serai plus rien. Je m'en retourne là d'où je suis venue. »

III

Elle commença à boire son café. Tandis qu'elle buvait, tenant la tasse à deux mains, elle recommença à faire le bruit. Elle faisait le bruit dans sa tasse, et le café éclaboussait sa robe et ses mains. Ses yeux nous regardaient, et elle restait là, assise, les coudes sur les genoux, la tasse dans les mains, nous regardant par-dessus la tasse mouillée, faisant le bruit. « Regardez Nancy, dit Jason. C'est fini, elle fera plus la cuisine pour nous, maintenant. Dilsey est guérie.

—Vous, taisez-vous », dit Dilsey. Nancy tenait la tasse à deux mains et nous regardait en faisant le bruit.

like there were two of them: one looking at us and the other making the sound. "Whyn't you let Mr Jason telefoam the marshal?" Dilsey said. Nancy stopped then, holding the cup in her long brown hands. She tried to drink some coffee again, but it sploshed out of the cup, onto her hands and her dress, and she put the cup down. Jason watched her.

"I cant swallow it," Nancy said. "I swallows but it wont go down me."

"You go down to the cabin," Dilsey said. "Frony will fix you a pallet and I'll be there soon."

"Wont no nigger stop him," Nancy said.

"I aint a nigger," Jason said. "Am I, Dilsey?"

"I reckon not," Dilsey said. She looked at Nancy. "I dont reckon so. What you going to do, then?"

Nancy looked at us. Her eyes went fast, like she was afraid there wasn't time to look, without hardly moving at all. She looked at us, at all three of us at one time. "You member that night I stayed in yawls' room?" she said. She told about how we waked up early the next morning, and played. We had to play quiet, on her pallet, until father woke up and it was time to get breakfast. "Go and ask your maw to let me stay here tonight," Nancy said. "I wont need no pallet. We can play some more."

Caddy asked mother. Jason went too. "I cant have Negroes sleeping in the bedrooms,"

Comme si elle avait été deux personnes, une qui nous regardait, l'autre qui faisait le bruit. «Pourquoi que tu n'laisses pas Mr Jason téléphoner à la police?» dit Dilsey. Nancy s'arrêta, la tasse dans ses deux longues mains brunes. Elle tenta à nouveau de boire du café, mais il gicla hors de la tasse sur ses mains et sur sa robe, et elle posa la tasse. Jason l'observait.

«J'peux pas avaler, dit Nancy. J'avale, mais ça ne coule pas.

— Va chez moi, dit Dilsey. Frony te fera un lit. Je n'tarderai pas à aller te rejoindre.

— Aucun nègre ne l'arrêtera, dit Nancy.

— Moi, j'suis pas nègre, dit Jason. Pas vrai, Dilsey?

— M'est avis que non», dit Dilsey. Elle regarda Nancy. «M'est avis que non. Alors, qu'est-ce que tu vas faire?»

Nancy nous regarda. Ses yeux allaient vite, comme si elle avait eu peur de n'avoir pas le temps de regarder, et, cependant, ils semblaient à peine se mouvoir. Elle nous regarda tous les trois à la fois. «Vous vous rappelez cette nuit que j'ai couché dans vot'chambre», dit-elle. Elle nous rappela que nous nous étions réveillés de bonne heure et que nous avions joué. Nous avions dû jouer en silence, sur son matelas, jusqu'au moment où notre père s'était éveillé, à l'heure du petit déjeuner. «Allez demander à vot' maman si je peux coucher ici ce soir, dit Nancy. J'aurai pas besoin de matelas. Nous pourrons jouer encore.»

Caddy demanda à maman. Jason y alla aussi. «Je ne veux pas de nègres à dormir dans les chambres»,

mother said. Jason cried. He cried until mother said he couldn't have any dessert for three days if he didn't stop. Then Jason said he would stop if Dilsey would make a chocolate cake. Father was there.

"Why dont you do something about it?" mother said. "What do we have officers for?"

"Why is Nancy afraid of Jesus?" Caddy said. "Are you afraid of father, mother?"

"What could the officers do?" father said. "If Nancy hasn't seen him, how could the officers find him?"

"Then why is she afraid?" mother said.

"She says he is there. She says she knows he is there tonight."

"Yet we pay taxes," mother said. "I must wait here alone in this big house while you take a Negro woman home."

"You know that I am not lying outside with a razor," father said.

"I'll stop if Dilsey will make a chocolate cake," Jason said. Mother told us to go out and father said he didn't know if Jason would get a chocolate cake or not, but he knew what Jason was going to get in about a minute. We went back to the kitchen and told Nancy.

"Father said for you to go home and lock the door, and you'll be all right," Caddy said. "All right from what, Nancy? Is Jesus mad at you?" Nancy was holding the coffee cup in her hands again, her elbows on her knees and her hands holding the cup between her knees.

dit notre mère. Jason se mit à pleurer. Il pleura jusqu'à ce que maman lui dise qu'il n'aurait pas de dessert pendant trois jours s'il ne se taisait pas. Alors Jason a dit qu'il se tairait si Dilsey faisait un gâteau au chocolat. Notre père était là.

«Pourquoi ne fais-tu rien? dit notre mère. À quoi sert la police?

—Pourquoi c'est-il que Nancy a peur de Jésus? dit Caddy. Avez-vous peur de papa, maman?

—Que pourrait faire la police? dit notre père. Si Nancy ne l'a pas vu, comment veux-tu que la police le trouve?

—Alors, pourquoi a-t-elle peur? dit notre mère.

—Elle dit qu'il est ici. Elle dit qu'elle sait qu'il est ici ce soir.

—Et dire qu'on paie des impôts! dit notre mère. Je dois rester seule ici, dans cette grande maison, pendant que tu raccompagnes une négresse chez elle.

—Tu sais que je ne suis pas couché dehors avec un rasoir, dit notre père.

—Je me tairai si Dilsey fait un gâteau au chocolat», dit Jason. Maman nous dit de sortir, et notre père dit qu'il ne savait pas si Jason aurait ou non un gâteau au chocolat, mais qu'il savait bien ce que Jason allait recevoir dans une minute. Nous sommes retournés à la cuisine porter la réponse à Nancy:

«Papa a dit qu'il fallait que tu rentres chez toi et que tu fermes la porte, et que tu ne risquerais rien, dit Caddy. Risquer quoi, Nancy? Est-ce que Jésus est fâché contre toi?» Nancy avait repris sa tasse de café entre ses mains. Elle avait les coudes sur les genoux et ses mains tenaient la tasse entre ses genoux.

She was looking into the cup. "What have you done that made Jesus mad?" Caddy said. Nancy let the cup go. It didn't break on the floor, but the coffee spilled out, and Nancy sat there with her hands still making the shape of the cup. She began to make the sound again, not loud. Not singing and not unsinging. We watched her.

"Here," Dilsey said. "You quit that, now. You get aholt of yourself. You wait here. I going to get Versh to walk home with you." Dilsey went out.

We looked at Nancy. Her shoulders kept shaking, but she quit making the sound. We watched her. "What's Jesus going to do to you?" Caddy said. "He went away."

Nancy looked at us. "We had fun that night I stayed in yawls' room, didn't we?"

"I didn't," Jason said. "I didn't have any fun."

"You were asleep in mother's room," Caddy said. "You were not there."

"Let's go down to my house and have some more fun," Nancy said.

"Mother wont let us," I said. "It's too late now."

"Dont bother her," Nancy said. "We can tell her in the morning. She wont mind."

"She wouldn't let us," I said.

"Dont ask her now," Nancy said. "Dont bother her now."

"She didn't say we couldn't go," Caddy said.

"We didn't ask," I said.

"If you go, I'll tell," Jason said.

"We'll have fun," Nancy said. "They won't mind, just to my house. I been working for yawl a long time. They won't mind."

84

Elle regardait dans la tasse. «Qu'est-ce que tu as fait pour mettre Jésus en colère?» dit Caddy. Nancy lâcha la tasse. Elle ne se brisa pas en tombant par terre, mais le café se répandit et Nancy resta assise avec ses mains qui conservaient encore la forme de la tasse. Elle recommença le bruit, pas fort. Ce n'était ni un chant, ni pas un chant. Nous la regardions.

«Alors, dit Dilsey, ça ne va pas bientôt finir? Prends un peu sur toi. Reste ici. J'vais aller chercher Versh. Il te reconduira.» Dilsey sortit.

Nous regardâmes Nancy. Ses épaules tremblaient toujours, mais elle ne faisait plus le bruit. Nous l'observions. «Qu'est-ce que c'est que Jésus va te faire? dit Caddy. Il est parti.»

Nancy nous regarda. «On s'est bien amusés, la nuit que j'ai passée dans vot' chambre, pas vrai?

— Pas moi, dit Jason. J'me suis pas amusé.

— Tu dormais dans la chambre de maman, dit Caddy. Tu n'étais pas avec nous.

— Allons jusque chez moi, on s'amusera encore, dit Nancy.

— Maman voudra pas, dis-je. Il est trop tard.

— Faut pas la déranger, dit Nancy. Nous lui dirons demain matin. Elle aura rien contre.

— Elle nous laissera pas y aller, dis-je.

— Faut pas lui demander maintenant, dit Nancy. Faut pas la déranger.

— Elle a pas dit qu'elle voulait pas, dit Caddy.

— Nous lui avons pas demandé, dis-je.

— Si vous y allez, je le dirai, dit Jason.

— On s'amusera bien, dit Nancy. Ils auront rien contre... juste chez moi. Il y a longtemps que je travaille pour vous. Ils auront rien contre.

"I'm not afraid to go," Caddy said. "Jason is the one that's afraid. He'll tell."

"I'm not," Jason said.

"Yes, you are," Caddy said. "You'll tell."

"I won't tell," Jason said. "I'm not afraid."

"Jason ain't afraid to go with me," Nancy said. "Is you, Jason?"

"Jason is going to tell," Caddy said. The lane was dark. We passed the pasture gate. "I bet if something was to jump out from behind that gate, Jason would holler."

"I wouldn't," Jason said. We walked down the lane. Nancy was talking loud.

"What are you talking so loud for, Nancy?" Caddy said.

"Who; me?" Nancy said. "Listen at Quentin and Caddy and Jason saying I'm talking loud."

"You talk like there was five of us here," Caddy said. "You talk like father was here too."

"Who; me talking loud, Mr Jason?" Nancy said.

"Nancy called Jason 'Mister'," Caddy said.

"Listen how Caddy and Quentin and Jason talk," Nancy said.

"We're not talking loud," Caddy said. "You're the one that's talking like father—"

"Hush," Nancy said; "hush, Mr Jason."

"Nancy called Jason 'Mister' aguh—"

"Hush," Nancy said. She was talking loud when we crossed the ditch and stopped through the fence where she used to stoop through with the clothes on her head. Then we came to her house. We were going fast then. She opened the door.

86

—Je n'ai pas peur d'y aller, dit Caddy. C'est Jason qui a peur. Il le dira.

—J'ai pas peur, dit Jason.

—Si, dit Caddy. Tu le diras.

—Non, j'le dirai pas, dit Jason. J'ai pas peur.

—Jason a pas peur de venir avec moi, dit Nancy. Pas vrai, Jason?

—Jason le dira», dit Caddy. Le sentier était plongé dans l'obscurité. Nous avons franchi la barrière du pré. «Je parie que si quelque chose surgissait derrière cette barrière, Jason se mettrait à hurler.

—C'est pas vrai», dit Jason. On a descendu le sentier. Nancy parlait très fort.

«Pourquoi que tu parles si fort, Nancy? dit Caddy.

—Qui, moi? dit Nancy. Voyez-vous ça, Quentin, Caddy et Jason qui disent que je parle fort.

—Tu parles comme si on était cinq, dit Caddy. Tu parles comme si papa était ici.

—Moi? Moi, je parle fort, Mr Jason? dit Nancy.

—Nancy a appelé Jason "Mister", dit Caddy.

—Écoutez-les parler ces enfants, Caddy, Quentin et Jason, dit Nancy.

—Nous ne parlons pas fort, dit Caddy. C'est toi qui parles comme si papa...

—Chut, dit Nancy, chut, Mr Jason.

—Nancy a encore appelé Jason "Mister"...

—Chut», dit Nancy. Elle parlait très fort quand nous avons franchi le fossé et que nous nous sommes courbés pour passer la clôture, là où elle avait coutume de se baisser avec le linge sur la tête. Puis nous sommes arrivés à sa case. Nous marchions très vite. Elle ouvrit la porte.

The smell of the house was like the lamp and the smell of Nancy was like the wick, like they were waiting for one another to begin to smell. She lit the lamp and closed the door and put the bar up. Then she quit talking loud, looking at us.

"What're we going to do?" Caddy said.

"What do yawl want to do?" Nancy said.

"You said we would have some fun," Caddy said.

There was something about Nancy's house; something you could smell besides Nancy and the house. Jason smelled it, even. "I don't want to stay here," he said. "I want to go home."

"Go home, then," Caddy said.

"I don't want to go by myself," Jason said.

"We're going to have some fun," Nancy said.

"How?" Caddy said.

Nancy stood by the door. She was looking at us, only it was like she had emptied her eyes, like she had quit using them. "What do you want to do?" she said.

"Tell us a story," Caddy said. "Can you tell a story?"

"Yes," Nancy said.

"Tell it," Caddy said. We looked at Nancy. "You don't know any stories."

"Yes," Nancy said. "Yes, I do."

She came and sat in a chair before the hearth. There was a little fire there. Nancy built it up, when it was already hot inside. She built a good blaze. She told a story. She talked like her eyes looked,

L'odeur de la maison était comme la lampe, et l'odeur de Nancy était comme la mèche, comme si les deux odeurs s'attendaient pour commencer à sentir. Elle alluma la lampe et ferma la porte, puis elle mit la barre. Alors elle cessa de parler fort et elle nous regarda.

«Qu'est-ce qu'on va faire? dit Caddy.

— Qu'est-ce que vous voulez faire? dit Nancy.

— T'as dit qu'on s'amuserait», dit Caddy.

Il y avait quelque chose dans la maison de Nancy, quelque chose qu'on pouvait sentir, indépendamment de Nancy et de la maison. Jason lui-même le sentait. «J'veux pas rester ici, dit-il. J'veux retourner à la maison.

— Eh bien, retourne, dit Caddy.

— J'veux pas y aller tout seul, dit Jason.

— On va s'amuser, dit Nancy.

— À quoi?» dit Caddy.

Nancy était près de la porte. Elle nous regardait, mais on aurait dit qu'elle s'était vidé les yeux, qu'elle ne s'en servait plus. «Qu'est-ce que vous voulez faire? dit-elle.

— Raconte-nous une histoire, dit Caddy. Tu sais raconter des histoires?

— Oui, dit Nancy.

— Raconte», dit Caddy. Nous regardions Nancy. «Tu ne sais pas d'histoires?

— Si, dit Nancy, j'en sais.»

Elle s'assit sur une chaise, près de l'âtre. Il y avait un peu de feu. Nancy le ranima bien qu'il fît déjà chaud dans la case. Elle fit une belle flambée. Elle raconta une histoire. Elle parlait comme ses yeux regardaient,

like her eyes watching us and her voice talking to us did not belong to her. Like she was living somewhere else, waiting somewhere else. She was outside the cabin. Her voice was inside and the shape of her, the Nancy that could stoop under a barbed wire fence with a bundle of clothes balanced on her head as though without weight, like a balloon, was there. But that was all. "And so this here queen come walking up to the ditch, where that bad man was hiding. She was walking up to the ditch, and she say, 'If I can just get past this here ditch,' was what she say…"

"What ditch?" Caddy said. "A ditch like that one out there? Why did a queen want to go into a ditch?"

"To get to her house," Nancy said. She looked at us. "She had to cross the ditch to get into her house quick and bar the door."

"Why did she want to go home and bar the door?" Caddy said.

IV

Nancy looked at us. She quit talking. She looked at us. Jason's legs stuck straight out of his pants where he sat on Nancy's lap. "I don't think that's a good story," he said. "I want to go home."

"Maybe we had better," Caddy said. She got up from the floor. "I bet they are looking for us right now." She went toward the door.

comme si ses yeux qui nous observaient et sa voix qui nous parlait ne lui appartenaient pas. Comme si elle était ailleurs, comme si elle attendait ailleurs. Elle était dehors. Elle n'était pas dans la case. Sa voix y était et sa forme. Celle qui était là, c'était la Nancy qui pouvait se courber sous les fils de fer barbelés d'une clôture avec un ballot de linge en équilibre sur la tête, impondérable comme un ballon. Mais c'était tout. «Et alors, la reine est arrivée au fossé où le méchant homme était caché. Elle a marché jusqu'au fossé et elle a dit : "Si seulement j'arrive à franchir le fossé…" c'est ça qu'elle a dit…

— Quel fossé? dit Caddy. Un fossé comme celui-là, dehors? Pourquoi c'est-il que la reine voulait traverser le fossé?

— Pour rentrer chez elle, dit Nancy en nous regardant. Il lui a fallu traverser le fossé pour rentrer chez elle et barrer la porte.

— Pourquoi qu'elle voulait rentrer chez elle et barrer la porte?» dit Caddy.

IV

Nancy nous regardait. Elle avait cessé de parler. Elle nous regardait. Les jambes de Jason, assis sur les genoux de Nancy, sortaient toutes droites de son pantalon. «J'trouve pas cette histoire jolie, dit-il. Je veux rentrer à la maison.

— Ça vaudrait peut-être mieux», dit Caddy. Elle était assise par terre. Elle se leva «Je parie qu'on est en train de nous chercher.» Elle se dirigea vers la porte.

"No," Nancy said. "Don't open it." She got up quick and passed Caddy. She didn't touch the door, the wooden bar.

"Why not?" Caddy said.

"Come back to the lamp," Nancy said. "We'll have fun. You don't have to go."

"We ought to go," Caddy said. "Unless we have a lot of fun." She and Nancy came back to the fire, the lamp.

"I want to go home," Jason said. "I'm going to tell."

"I know another story," Nancy said. She stood close to the lamp. She looked at Caddy, like when your eyes look up at a stick balanced on your nose. She had to look down to see Caddy, but her eyes looked like that, like when you are balancing a stick.

"I won't listen to it," Jason said. "I'll bang on the floor."

"It's a good one," Nancy said. "It's better than the other one."

"What's it about?" Caddy said. Nancy was standing by the lamp. Her hand was on the lamp, against the light, long and brown.

"Your hand is on that hot globe," Caddy said. "Don't it feel hot to your hand?"

Nancy looked at her hand on the lamp chimney. She took her hand away, slow. She stood there, looking at Caddy, wringing her long hand as though it were tied to her wrist with a string.

"Let's do something else," Caddy said.

"I want to go home," Jason said.

"I got some popcorn," Nancy said. She looked

«Non, dit Nancy. Faut pas l'ouvrir.» Elle se leva vivement et passa devant Caddy. Elle ne toucha pas la porte, la barre de bois.

«Pourquoi? dit Caddy.

— Revenez près de la lampe, dit Nancy. On va s'amuser. Vous n'avez pas besoin de rentrer.

— Nous devrions partir, dit Caddy, à moins qu'on ne s'amuse beaucoup.» Nancy et elle revinrent près du feu, près de la lampe.

«J'veux rentrer à la maison, dit Jason. Je le dirai.

— Je connais une aut'histoire», dit Nancy. Elle était debout, près de la lampe. Elle regardait Caddy comme quand on regarde un bâton en équilibre sur votre nez. Il lui fallait baisser les yeux pour voir Caddy, mais c'était pourtant à ça qu'ils ressemblaient, ses yeux, comme quand on tient un bâton en équilibre.

«J'veux pas l'écouter, dit Jason. Je vais trépigner.

— C'est une jolie histoire, dit Nancy. Bien plus jolie que la première.

— De quoi qu'elle parle?» dit Caddy. Nancy était debout près de la lampe. Sa main reposait sur la lampe, contre la flamme, longue et brune.

«Ta main est sur ce verre brûlant, dit Caddy. Ça ne te brûle pas?»

Nancy regarda sa main sur le verre de lampe. Elle enleva sa main lentement. Elle était là, les yeux fixés sur Caddy, et elle tordait sa longue main comme si elle l'avait eue attachée au poignet par une ficelle.

«Faisons quelque chose, dit Caddy.

— J'veux rentrer à la maison, dit Jason.

— J'ai du pop-corn», dit Nancy. Elle regarda

at Caddy and then at Jason and then at me and then at Caddy again. "I got some popcorn."

"I don't like popcorn," Jason said. "I'd rather have candy."

Nancy looked at Jason. "You can hold the popper." She was still wringing her hand; it was long and limp and brown.

"All right," Jason said. "I'll stay a while if I can do that. Caddy can't hold it. I'll want to go home again if Caddy holds the popper."

Nancy built up the fire. "Look at Nancy putting her hands in the fire," Caddy said. "What's the matter with you, Nancy?"

"I got popcorn," Nancy said. "I got some." She took the popper from under the bed. It was broken. Jason began to cry.

"Now we can't have any popcorn," he said.

"We ought to go home, anyway," Caddy said. "Come on, Quentin."

"Wait," Nancy said; "wait. I can fix it. Don't you want to help me fix it?"

"I don't think I want any," Caddy said. "It's too late now."

"You help me, Jason," Nancy said. "Don't you want to help me?"

"No," Jason said. "I want to go home."

"Hush," Nancy said; "hush. Watch. Watch me. I can fix it so Jason can hold it and pop the corn." She got a piece of wire and fixed the popper.

Caddy, puis Jason, puis moi, puis Caddy à nouveau. « J'ai du pop-corn.

— J'aime pas le pop-corn, dit Jason. J'aimerais mieux des bonbons. »

Nancy regarda Jason. « Tu tiendras le *popper*[1]. »

Elle continuait à tordre sa main, sa longue main molle et brune.

« Bon, dit Jason, j'veux bien rester un peu si on me laisse faire ça. Caddy a pas le droit de le tenir. J'aurai encore envie de rentrer à la maison si c'est Caddy qui le tient. »

Nancy prépara le feu. « Regardez Nancy qui met ses mains dans le feu, dit Caddy. Qu'est-ce que tu as donc, Nancy ?

— Je vais vous donner du pop-corn, dit Nancy. J'en ai. » Elle sortit le *popper* de dessous le lit. Il était cassé. Jason se mit à pleurer.

« On ne pourra pas avoir de pop-corn, dit-il.

— De toute façon, il faut qu'on rentre chez nous, dit Caddy. Viens Quentin.

— Attendez, dit Nancy, attendez. Je vais l'arranger. Vous ne voulez pas m'aider à l'arranger ?

— J'crois pas que j'en veuille, dit Caddy. Il est trop tard.

— Jason, aidez-moi, dit Nancy. Vous ne voulez pas m'aider ?

— Non, dit Jason. J'veux rentrer à la maison.

— Chut, dit Nancy. Chut. Regardez-moi, regardez. Je peux l'arranger. Comme ça Jason pourra le tenir pour faire éclater le maïs. » Elle prit un morceau de fil de fer et arrangea le *popper*.

1. Appareil qu'on chauffe pour faire éclater les grains de maïs.

"It won't hold good," Caddy said.

"Yes, it will," Nancy said. "Yawl watch. Yawl help me shell some corn."

The popcorn was under the bed too. We shelled it into the popper and Nancy helped Jason hold the popper over the fire.

"It's not popping," Jason said. "I want to go home."

"You wait," Nancy said. "It'll begin to pop. We'll have fun then." She was sitting close to the fire. The lamp was turned up so high it was beginning to smoke.

"Why don't you turn it down some?" I said.

"It's all right," Nancy said. "I'll clean it. Yawl wait. The popcorn will start in a minute."

"I don't believe it's going to start," Caddy said. "We ought to start home, anyway. They'll be worried."

"No," Nancy said. "It's going to pop. Dilsey will tell um yawl with me. I been working for yawl long time. They won't mind if yawl at my house. You wait, now. It'll start popping any minute now."

Then Jason got some smoke in his eyes and he began to cry. He dropped the popper into the fire. Nancy got a wet rag and wiped Jason's face, but he didn't stop crying.

"Hush," she said. "Hush." But he didn't hush. Caddy took the popper out of the fire.

"It's burned up," she said. "You'll have to get some more popcorn, Nancy."

"Did you put all of it in?" Nancy said.

"Yes," Caddy said. Nancy looked at Caddy.

«Ça ne tiendra pas bien, dit Caddy.

—Si, ça tiendra, dit Nancy. Vous verrez. Venez m'aider à égrener un peu de maïs.»

Le maïs était également sous le lit. Nous l'égrenâmes dans le *popper* et Nancy aida Jason à le tenir sur le feu.

«Il n'éclate pas, dit Jason. J'veux rentrer à la maison.

—Attendez, ça va venir, dit Nancy. On va bien s'amuser.» Elle était assise auprès du feu. La mèche était si haute que la lampe commençait à filer.

«Pourquoi que tu ne la baisses pas? dis-je.

—Ça ne fait rien, dit Nancy. Je la nettoierai. Attendez. Ça va commencer dans une minute.

—J'crois pas que ça commence, dit Caddy. Du reste, nous devrions rentrer. Ils vont être inquiets.

—Non, dit Nancy. Le maïs va éclater. Dilsey leur dira que vous êtes chez moi. Ça fait longtemps que je travaille pour vous. Ça leur est égal que vous soyez chez moi. Attendez, ça va commencer d'une minute à l'autre.»

Après cela, Jason reçut de la fumée dans les yeux et se mit à pleurer. Il laissa tomber le *popper* dans le feu. Nancy prit un linge humide et lui essuya la figure, mais il continua à pleurer.

«Chut, disait-elle, chut.» Mais il ne se taisait pas. Caddy tira le *popper* du feu.

«C'est tout brûlé, dit-elle. Nancy, faudra que t'ailles en chercher d'autre.

—Est-ce que vous aviez tout mis dedans? dit Nancy.

—Oui», dit Caddy. Nancy regarda Caddy.

Then she took the popper and opened it and poured the cinders into her apron and began to sort the grains, her hands long and brown, and we watching her.

"Haven't you got any more?" Caddy said.

"Yes," Nancy said; "yes. Look. This here ain't burnt. All we need to do is—"

"I want to go home," Jason said. "I'm going to tell."

"Hush," Caddy said. We all listened. Nancy's head was already turned toward the barred door, her eyes filled with red lamplight. "Somebody is coming," Caddy said.

Then Nancy began to make that sound again, not loud, sitting there above the fire, her long hands dangling between her knees; all of a sudden water began to come out on her face in big drops, running down her face, carrying in each one a little turning ball of firelight like a spark until it dropped off her chin. "She's not crying," I said.

"I ain't crying," Nancy said. Her eyes were closed. "I ain't crying. Who is it?"

"I don't know," Caddy said. She went to the door and looked out. "We've got to go now," she said. "Here comes father."

"I'm going to tell," Jason said. "Yawl made me come."

The water still ran down Nancy's face. She turned in her chair. "Listen. Tell him. Tell him we going to have fun. Tell him I take good care of yawl until in the morning. Tell him to let me come home with yawl and sleep on the floor. Tell him I won't need no pallet. We'll have fun. You member last time how we had so much fun?"

98

Puis elle prit le *popper*, l'ouvrit, vida les cendres dans son tablier et se mit à trier les grains, de ses mains longues et brunes. Nous la regardions.

« Tu n'en as pas d'autre ? dit Caddy.

— Si, dit Nancy. Si, regardez. Tout n'a pas brûlé. Nous n'avons qu'à...

— J'veux rentrer à la maison, dit Jason. Je le dirai.

— Chut », dit Caddy. Nous écoutions tous. Nancy, les yeux pleins des lueurs rouges de la lampe, avait déjà tourné la tête vers la porte barrée. « Il y a quelqu'un qui vient », dit Caddy.

Alors, Nancy se remit à faire le bruit, pas fort. Assise, penchée au-dessus du feu, elle laissait pendre ses longues mains entre ses genoux. Soudain, l'eau se mit à couler sur sa figure, en grosses gouttes. Et, dans chaque goutte, tournait une petite boule de feu, comme une étincelle, jusqu'au moment où elle lui tombait du menton. « Elle ne pleure pas, dis-je.

— Je ne pleure pas », dit Nancy. Elle avait les yeux fermés. « Je ne pleure pas. Qui est-ce ?

— Je ne sais pas, dit Caddy qui se dirigea vers la porte et regarda au-dehors. Il va falloir que nous partions, dit-elle. Voilà papa.

— Je vais le dire, dit Jason. C'est vous qui m'avez forcé à venir. »

L'eau coulait toujours sur le visage de Nancy. Elle se retourna sur sa chaise. « Écoutez. Dites-lui. Dites-lui qu'on va bien s'amuser. Dites-lui que je prendrai bien soin de vous jusqu'à demain matin. Dites-lui de me laisser rentrer avec vous, de me laisser dormir sur le plancher. Dites-lui que j'ai pas besoin de matelas. On s'amusera. Vous vous rappelez la dernière fois, comme on s'était bien amusés.

"I didn't have fun," Jason said. "You hurt me. You put smoke in my eyes. I'm going to tell."

V

Father came in. He looked at us. Nancy did not get up.

"Tell him," she said.

"Caddy made us come down here," Jason said. "I didn't want to."

Father came to the fire. Nancy looked up at him. "Can't you go to Aunt Rachel's and stay?" he said. Nancy looked up at father, her hands between her knees. "He's not here," father said. "I would have seen him. There's not a soul in sight."

"He in the ditch," Nancy said. "He waiting in the ditch yonder."

"Nonsense," father said. He looked at Nancy. "Do you know he's there?"

"I got the sign," Nancy said.

"What sign?"

"I got it. It was on the table when I come in. It was a hog-bone, with blood meat still on it, laying by the lamp. He's out there. When yawl walk out that door, I gone."

"Gone where, Nancy?" Caddy said.

"I'm not a tattletale," Jason said.

"Nonsense," father said.

"He out there," Nancy said. "He looking through that window this minute, waiting for yawl to go. Then I gone."

—Moi, je ne me suis pas amusé, dit Jason. Tu m'as fait mal. Tu m'as mis de la fumée dans les yeux. Je le dirai. »

V

Notre père entra. Il nous regarda. Nancy ne s'était pas levée.

« Dites-lui, dit-elle.

—C'est Caddy qui nous a fait venir ici, dit Jason. Moi, j'voulais pas. »

Papa s'approcha du feu. Nancy leva les yeux vers lui. « Tu ne peux donc pas aller coucher chez la mère Rachel ? » dit-il. Nancy, les mains entre les genoux, leva les yeux vers notre père. « Il n'est pas ici, dit notre père. Je l'aurais vu. Il n'y a pas âme qui vive.

—Il est dans le fossé, dit Nancy. Il attend dans le fossé, là-bas.

—Balivernes ! » dit notre père. Il regarda Nancy. « Est-ce que tu sais qu'il est ici ?

—J'ai trouvé un présage, dit Nancy.

—Quel présage ?

—Je l'ai trouvé. Il était sur ma table quand je suis entrée. Un os de porc avec de la chair saignante dessus, là, près de la lampe. Il est là-bas, je vous dis. Sitôt que vous aurez franchi cette porte, je serai partie…

—Partie où, dis Nancy ? dit Caddy.

—Moi, j'suis pas un rapporteur, dit Jason.

—Balivernes ! dit notre père.

—Il est là-bas, dit Nancy. En ce moment même il regarde par la fenêtre. Il attend que vous soyez sortis. Et après, je serai partie.

"Nonsense," father said. "Lock up your house and we'll take you on to Aunt Rachel's."

"'Twont do no good," Nancy said. She didn't look at father now, but he looked down at her, at her long, limp, moving hands. "Putting it off wont do no good."

"Then what do you want to do?" father said.

"I don't know," Nancy said. "I can't do nothing. Just put it off. And that don't do no good. I reckon it belong to me. I reckon what I going to get ain't no more than mine."

"Get what?" Caddy said. "What's yours?"

"Nothing," father said. "You all must get to bed."

"Caddy made me come," Jason said.

"Go on to Aunt Rachel's," father said.

"It won't do no good," Nancy said. She sat before the fire, her elbows on her knees, her long hands between her knees. "When even your own kitchen wouldn't do no good. When even if I was sleeping on the floor in the room with your chillen, and the next morning there I am, and blood—"

"Hush," father said. "Lock the door and put out the lamp and go to bed."

"I scared of the dark," Nancy said. "I scared for it to happen in the dark."

"You mean you're going to sit right here with the lamp lighted?" father said. Then Nancy began to make the sound again, sitting before the fire, her long hands between her knees. "Ah, damnation,"

—Balivernes! dit notre père. Ferme ta maison, nous allons t'emmener chez la mère Rachel.

—Ça ne servira à rien», dit Nancy. Elle ne regardait plus notre père, mais il baissait les yeux vers elle, vers ses longues mains agitées et molles. «Ça ne servira à rien de retarder ça.

—Alors, qu'est-ce que tu veux faire? dit notre père.

—Sais pas, dit Nancy. J'peux rien faire. Retarder ça, simplement. Et ça ne servira à rien. M'est avis que je peux pas y échapper. Probable que ce qui va m'arriver, c'est tout ce que je mérite.

—Qu'est-ce qui va t'arriver? dit Caddy. Qu'est-ce que tu mérites?

—Rien du tout, dit notre père. Allez vous coucher.

—C'est Caddy qui m'a fait venir, dit Jason.

—Va-t'en chez la mère Rachel, dit notre père.

—Ça ne servira à rien», dit Nancy. Elle restait assise devant le feu, les coudes sur les genoux, ses longues mains entre les genoux. «Même la cuisine, chez vous, ça n'y ferait rien. Même si je dormais sur le plancher de la chambre avec les enfants, le lendemain me voilà, et du sang…

—Chut, dit notre père. Barre ta porte, éteins la lumière et couche-toi.

—J'ai peur du noir, dit Nancy. J'ai peur que ça arrive dans le noir.

—Alors, tu vas rester comme ça, la lampe allumée?» dit notre père. Et puis, assise devant le feu, les mains entre les genoux, Nancy recommença à faire le bruit. «Ah, damnation,

father said. "Come along, chillen. It's past bed-
time."

"When yawl go home, I gone," Nancy said. She
talked quieter now, and her face looked quiet, like
her hands. "Anyway, I got my coffin money saved
up with Mr. Lovelady." Mr. Lovelady was a short,
dirty man who collected the Negro insurance,
coming around to the cabins or the kitchens every
Saturday morning, to collect fifteen cents. He and
his wife lived at the hotel. One morning his wife
committed suicide. They had a child, a little girl.
He and the child went away. After a week or two
he came back alone. We would see him going
along the lanes and the back streets on Saturday
mornings.

"Nonsense," father said. "You'll be the first
thing I'll see in the kitchen tomorrow morning."

"You'll see what you'll see, I reckon," Nancy
said. "But it will take the Lord to say what that
will be."

VI

We left her sitting before the fire.

"Come and put the bar up," father said. But she
didn't move. She didn't look at us again, sitting
quietly there between the lamp and the fire. From
some distance down the lane we could look back
and see her through the open door.

"What, Father?" Caddy said. "What's going to
happen?"

dit notre père. Allons, venez, mes enfants. L'heure d'aller au lit est déjà passée.

— Sitôt que vous serez sortis, je serai plus là», dit Nancy. Elle parlait plus calmement à présent. Son visage, comme ses mains, semblait plus calme. «Enfin, j'ai l'argent de mon cercueil, placé chez Mr Lovelady.» Mr Lovelady était un petit homme sale qui percevait les assurances des Noirs. Il faisait la tournée des cases et des cuisines, tous les samedis matin, pour percevoir quinze *cents*. Sa femme et lui vivaient à l'hôtel. Un matin, sa femme se suicida. Ils avaient un enfant, une petite fille. Il partit avec l'enfant. Au bout d'une semaine ou deux, il revint seul. Tous les samedis matin nous le voyions dans les allées et dans les ruelles.

«Balivernes, dit notre père. Tu seras la première personne que je verrai demain matin dans la cuisine.

— Vous verrez ce que vous verrez, dit Nancy. Mais, seul le Seigneur pourrait dire ce que ça sera.»

VI

Nous la laissâmes devant le feu.

«Allons, viens mettre la barre», dit notre père. Mais elle ne bougeait pas. Elle ne nous regardait pas. Elle restait là, assise, tranquillement, entre la lampe et le feu. Du chemin, à une certaine distance, nous pouvions, en nous retournant, la voir par la porte ouverte.

«Qu'est-ce que c'est, papa? dit Caddy. Qu'est-ce que c'est qui va arriver?

"Nothing," father said. Jason was on father's back, so Jason was the tallest of all of us. We went down into the ditch. I looked at it, quiet. I couldn't see much where the moonlight and the shadows tangled.

"If Jesus is hid here, he can see us, cant he?" Caddy said.

"He's not there," father said. "He went away a long time ago."

"You made me come," Jason said, high; against the sky it looked like father had two heads, a little one and a big one. "I didn't want to."

We went up out of the ditch. We could still see Nancy's house and the open door, but we couldn't see Nancy now, sitting before the fire with the door open, because she was tired. "I just done got tired," she said. "I just a nigger. It ain't no fault of mine."

But we could hear her, because she began just after we came up out of the ditch, the sound that was not singing and not unsinging. "Who will do our washing now, Father?" I said.

"I'm not a nigger," Jason said, high and close above father's head.

"You're worse," Caddy said, "you are a tattle-tale. If something was to jump out, you'd be scairder than a nigger."

"I wouldn't," Jason said.

"You'd cry," Caddy said.

"Caddy," father said.

"I wouldn't!" Jason said.

"Scairy cat," Caddy said.

"Candace!" father said.

—Rien », dit notre père. Jason était sur le dos de papa, aussi était-il bien plus grand que nous tous. Nous descendîmes dans le fossé que j'examinai tranquillement. Je ne pouvais pas voir grand-chose là où les ombres et le clair de lune se mêlaient.

« Si Jésus est caché là-dedans, il peut nous voir, n'est-ce pas ? dit Caddy.

—Il n'est pas caché là-dedans, dit notre père. Il y a longtemps qu'il est parti.

—C'est toi qui m'as fait venir », dit Jason, tout là-haut. Contre le ciel, on aurait dit que papa avait deux têtes, une petite et une grosse. « Moi, j'voulais pas. »

Nous remontâmes de l'autre côté du fossé. Nous pouvions encore voir la maison de Nancy et la porte ouverte, mais nous ne pouvions plus voir Nancy, assise devant le feu, la porte ouverte, parce qu'elle était fatiguée. « J'suis fatiguée, voilà tout, disait-elle. J'suis rien qu'une négresse. C'est pas de ma faute. »

Mais nous l'entendîmes parce que, dès que nous eûmes remonté le fossé, elle recommença le bruit qui n'était ni un chant ni pas un chant. « Papa, qui c'est-il qui lavera notre linge, maintenant ? dis-je.

—J'suis pas nègre, moi, dit Jason, tout là-haut, juste au-dessus de la tête de notre père.

—T'es pire que ça, dit Caddy, t'es un rapporteur. Si quelque chose te sautait au nez, maintenant, tu aurais plus peur qu'un nègre.

—C'est pas vrai, dit Jason.

—Tu pleurerais, dit Caddy.

—Caddy, dit notre père.

—C'est pas vrai, dit Jason.

—Poule mouillée, dit Caddy.

—Candace, voyons », dit notre père.

Dry September
Septembre ardent

DRY SEPTEMBER

I

Through the bloody September twilight, after-math of sixty-two rainless days, it had gone like a fire in dry grass—the rumor, the story, whatever it was. Something about Miss Minnie Cooper and a Negro. Attacked, insulted, frightened: none of them, gathered in the barber shop on that Satur-day evening where the ceiling fan stirred, without freshening it, the vitiated air, sending back upon them, in recurrent surges of stale pomade and lotion, their own stale breath and odors, knew exactly what had happened.

"Except it wasn't Will Mayes," a barber said. He was a man of middle age; a thin, sand-colored man with a mild face, who was shaving a client. "I know Will Mayes. He's a good nigger. And I know Miss Minnie Cooper, too."

"What do you know about her?" a second bar-ber said.

"Who is she?" the client said. "A young girl?"

SEPTEMBRE ARDENT [1]

I

Dans le crépuscule sanglant de septembre, regain de soixante-deux jours sans pluie, la rumeur ou l'histoire, peu importe, courut comme le feu dans l'herbe sèche. Quelque chose concernant Miss Minnie Cooper et un Noir. Attaquée, insultée, terrorisée : personne, parmi les hommes qui, ce samedi-là, emplissaient la boutique du coiffeur où le ventilateur du plafond brassait sans le rafraîchir l'air vicié, leur renvoyant, avec des bouffées de vieille pommade et de lotions, leurs haleines âcres et leurs odeurs, ne savait exactement ce qui était arrivé.

«Sauf que ce n'était pas Will Mayes», dit un des coiffeurs. C'était un homme entre deux âges, un homme mince, couleur de sable, au visage doux. Il rasait un client. «Je connais Will Mayes. C'est un brave nègre. Et je connais Miss Minnie Cooper également.

— Qu'est-ce que tu sais d'elle? dit un autre coiffeur.

— Qui est-ce? dit le client. Une jeune fille?

1. À la question «Pourquoi avez-vous traduit ainsi?», on peut supposer que M. E. Coindreau répondrait : «Parce que la traduction littérale était impossible, et parce qu'*ardent* — mot qui figure dans le texte — m'a paru à la fois approprié et beau.»

111

"No," the barber said. "She's about forty, I reckon. She aint married. That's why I dont believe—"

"Believe, hell!" a hulking youth in a sweat-stained silk shirt said. "Wont you take a white woman's word before a nigger's?"

"I dont believe Will Mayes did it," the barber said. "I know Will Mayes."

"Maybe you know who did it, then. Maybe you already got him out of town, you damn niggerlover."

"I dont believe anybody did anything. I dont believe anything happened. I leave it to you fellows if them ladies that get old without getting married dont have notions that a man cant—"

"Then you are a hell of a white man," the client said. He moved under the cloth. The youth had sprung to his feet.

"You dont?" he said. "Do you accuse a white woman of lying?"

The barber held the razor poised above the half-risen client. He did not look around.

"It's this durn weather," another said. "It's enough to make a man do anything. Even to her."

Nobody laughed. The barber said in his mild, stubborn tone: "I aint accusing nobody of nothing. I just know and you fellows know how a woman that never—"

"You damn niggerlover!" the youth said.

—Non, dit le coiffeur. Elle doit bien avoir dans les quarante ans, je suppose. Elle n'est pas mariée. C'est pour ça que je ne crois pas…

—Croire, je t'en fous! dit un gros jeune homme vêtu d'une chemise de soie tachée de sueur. Vous ne croyez pas à la parole d'une Blanche plutôt qu'à celle d'un nègre?

—Je ne crois pas que Will Mayes ait fait ça, dit le coiffeur. Je connais Will Mayes.

—En ce cas vous savez peut-être qui a fait ça. Vous l'avez peut-être même déjà aidé à s'enfuir de la ville, sale négrophile.

—Je ne crois pas que personne ait fait quoi que ce soit. Je crois qu'il n'est rien arrivé du tout. Voyons, messieurs, est-ce que ces dames qui prennent de l'âge sans avoir réussi à se marier ne s'imaginent pas toujours qu'un homme ne peut pas…

—Pour un Blanc, vous êtes un drôle de numéro», dit le client. Il s'agita sous la serviette. Le jeune homme d'un bond s'était mis debout.

«Vous ne croyez pas? dit-il. Accuseriez-vous une Blanche de mentir?»

Le coiffeur tenait son rasoir en l'air au-dessus du client à moitié levé. Il ne regardait pas autour de lui.

«C'est la faute à ce sacré temps, dit un autre, ça suffirait pour qu'un homme fasse n'importe quoi… même à elle.»

Personne ne rit. Le coiffeur dit de sa voix douce, entêtée : «Je ne porte d'accusation contre personne. Tout ce que je sais, et vous le savez aussi bien que moi, messieurs, c'est qu'une femme qui n'a jamais…

—Sale négrophile! dit le jeune homme.

"Shut up, Butch," another said. "We'll get the facts in plenty of time to act."

"Who is? Who's getting them?" the youth said. "Facts, hell! I—"

"You're a fine white man," the client said. "Aint you?" In his frothy beard he looked like a desert rat in the moving pictures. "You tell them, Jack," he said to the youth. "If there aint any white men in this town, you can count on me, even if I aint only a drummer and a stranger."

"That's right, boys," the barber said. "Find out the truth first. I know Will Mayes."

"Well, by God!" the youth shouted. "To think that a white man in this town—"

"Shut up, Butch," the second speaker said. "We got plenty of time."

The client sat up. He looked at the speaker. "Do you claim that anything excuses a nigger attacking a white woman? Do you mean to tell me you are a white man and you'll stand for it? You better go back North where you came from. The South dont want your kind here."

"North what?" the second said. "I was born and raised in this town."

"Well, by God!" the youth said. He looked about with a strained, baffled gaze, as if he was trying to remember what it was he wanted to say or to do. He drew his sleeve across his sweating face. "Damn if I'm going to let a white woman—"

—Assez, Butch, dit un autre. On aura tout le temps d'agir quand on saura ce qui s'est passé.

—Qui ça, on? Qui est-ce qui va chercher à savoir? dit le jeune homme. Des faits, pour quoi foutre? Moi je...

—Ça, pour un Blanc, vous vous posez là», reprit le client. Sous sa barbe savonneuse il avait l'air d'un de ces gueux du désert qu'on voit au cinéma. «Parfaitement, Jack, dit-il au jeune homme. S'il n'y a pas de Blancs ici, tu peux compter sur moi, bien que je ne sois qu'un voyageur de commerce et un étranger.

—C'est ça, mes amis, dit le coiffeur. Trouvez d'abord la vérité. Je connais Will Mayes.

—Ah, nom de Dieu, hurla le jeune homme, penser qu'un Blanc d'ici...

—Assez, Butch, dit l'autre, nous avons tout le temps.»

Le client se redressa. Il regarda celui qui venait de parler : «Vous prétendez qu'un nègre qui attaque une Blanche peut avoir une excuse? Auriez-vous la prétention d'être un Blanc et de soutenir une chose pareille? Vous feriez mieux de retourner dans le Nord d'où vous venez. Le Sud n'a pas besoin de types de votre espèce.

—Comment, le Nord? dit l'autre. Je suis né et j'ai été élevé ici même.

—Eh ben, nom de Dieu!» dit le jeune homme. Il regarda autour de lui d'un air tendu, déconcerté, comme s'il essayait de se rappeler ce qu'il voulait dire ou faire. Il passa sa manche sur son visage en sueur. «Du diable si je permettrai qu'on laisse une Blanche...

"You tell them, Jack," the drummer said. "By God, if they—"

The screen door crashed open. A man stood in the floor, his feet apart and his heavy-set body poised easily. His white shirt was open at the throat; he wore a felt hat. His hot, bold glance swept the group. His name was McLendon. He had commanded troops at the front in France and had been decorated for valor.

"Well," he said, "are you going to sit there and let a black son rape a white woman on the streets of Jefferson?"

Butch sprang up again. The silk of his shirt clung flat to his heavy shoulders. At each armpit was a dark halfmoon. "That's what I been telling them! That's what I—"

"Did it really happen?" a third said. "This aint the first man scare she ever had, like Hawkshaw says. Wasn't there something about a man on the kitchen roof, watching her undress, about a year ago?"

"What?" the client said. "What's that?" The barber had been slowly forcing him back into the chair; he arrested himself reclining, his head lifted, the barber still pressing him down.

McLendon whirled on the third speaker. "Happen? What the hell difference does it make? Are you going to let the black sons get away with it until one really does it?"

—Parfaitement, Jack, dit le voyageur de commerce. Nom de Dieu, s'ils... »

La porte en toile métallique s'ouvrit brusquement. Un homme apparut, les jambes écartées, plein d'aisance malgré la lourdeur de son corps. Sa chemise blanche était échancrée à l'encolure; il portait un chapeau de feutre. Son regard brûlant et crâne balaya le groupe. Il s'appelait Mc Lendon. Il avait commandé des troupes sur le front en France et il avait été décoré pour son courage.

«Alors, dit-il, c'est comme ça que vous laissez un salaud de nègre violer une Blanche dans les rues de Jefferson sans rien faire? »

Butch bondit à nouveau. La soie de sa chemise collait à ses épaules trapues. Sous chaque aisselle il y avait une demi-lune sombre. «C'est justement ce que je leur disais. C'est ce que...

—Est-ce que c'est vraiment arrivé? dit un troisième. Ça ne serait pas la première fois qu'elle aurait eu peur d'un homme, comme le disait Hawkshaw. Il y a environ un an, est-ce qu'il n'y a pas eu l'histoire d'un homme qui serait grimpé sur le toit de la cuisine pour la regarder se déshabiller?

—Quoi? dit le client. Qu'est-ce que c'est que ça? » Le coiffeur avait lentement tenté de le faire rasseoir; la tête levée, il s'arrêta à demi redressé tandis que le coiffeur continuait à tenter de le faire rasseoir.

Mc Lendon se tourna vers celui qui venait de parler : «Si c'est arrivé? Quelle importance ça a-t-il, bon Dieu? Allez-vous laisser les salauds de nègres en prendre à leur aise jusqu'au jour où ça arrivera pour de bon?

"That's what I'm telling them!" Butch shouted. He cursed, long and steady, pointless.

"Here, here," a fourth said. "Not so loud. Dont talk so loud."

"Sure," McLendon said; "no talking necessary at all. I've done my talking. Who's with me?" He poised on the balls of his feet, roving his gaze.

The barber held the drummer's face down, the razor poised. "Find out the facts first, boys. I know Willy Mayes. It wasn't him. Let's get the sheriff and do this thing right."

McLendon whirled upon him his furious, rigid face. The barber did not look away. They looked like men of different races. The other barbers had ceased also above their prone clients. "You mean to tell me," McLendon said, "that you'd take a nigger's word before a white woman's? Why, you damn niggerloving—"

The third speaker rose and grasped McLendon's arm; he too had been a soldier. "Now, now. Let's figure this thing out. Who knows anything about what really happened?"

"Figure out hell!" McLendon jerked his arm free. "All that're with me get up from there. The ones that aint—" He roved his gaze, dragging his sleeve across his face.

Three men rose. The drummer in the chair sat up. "Here," he said, jerking at the cloth about his neck;

—C'est justement ce que je leur disais!» hurla Butch. Il égrena un long chapelet de jurons, sans rime ni raison.

«Allons, allons, dit un quatrième, pas si fort. Ne parlez pas si fort.

—Pour sûr, dit Mc Lendon, il est bien inutile de parler. J'ai dit ce que j'avais à dire. Qui m'aime me suive.» Dressé sur ses pieds, il regardait autour de lui.

Le coiffeur maintenait le visage du voyageur de commerce sous son rasoir en position: «Informez-vous d'abord, mes amis. Je connais Will Mayes. C'est pas lui. Il faut faire les choses en règle et aller chercher le shérif.»

Mc Lendon pirouetta vers lui, furieux, le visage rigide. Le coiffeur ne détourna pas ses regards. On eût dit deux hommes de race différente. Les autres garçons s'étaient également arrêtés au-dessus de leurs clients renversés. «Comment, vous voulez me dire que vous croiriez à la parole d'un nègre plutôt qu'à celle d'une Blanche? Sale négrophile…»

Celui qui avait parlé en troisième se leva et saisit le bras de Mc Lendon. Lui aussi avait été soldat. «Voyons, voyons, examinons un peu la question. Qui est-ce qui sait comment les choses se sont vraiment passées?

—Examiner, pour quoi foutre!» Mc Lendon libéra son bras. «Que tous ceux qui sont pour moi se lèvent. Les autres…» Il regarda autour de lui, en passant sa manche sur sa figure.

Trois hommes se levèrent. Le voyageur de commerce se redressa sur son fauteuil. «Allez, dit-il en tirant sur la serviette autour de son cou,

"get this rag off me. I'm with him. I dont live here, but by God, if our mothers and wives and sisters—" He smeared the cloth over his face and flung it to the floor. McLendon stood in the floor and cursed the others. Another rose and moved toward him. The remainder sat uncomfortable, not looking at one another, then one by one they rose and joined him.

The barber picked the cloth from the floor. He began to fold it neatly. "Boys, dont do that. Will Mayes never done it. I know."

"Come on," McLendon said. He whirled. From his hip pocket protruded the butt of a heavy automatic pistol. They went out. The screen door crashed behind them reverberant in the dead air.

The barber wiped the razor carefully and swiftly, and put it away, and ran to the rear, and took his hat from the wall. "I'll be back as soon as I can," he said to the other barbers. "I cant let—" He went out, running. The two other barbers followed him to the door and caught it on the rebound, leaning out and looking up the street after him. The air was flat and dead. It had a metallic taste at the base of the tongue.

"What can he do?" the first said. The second one was saying "Jees Christ, Jees Christ" under his breath. "I'd just as lief be Will Mayes as Hawk, if he gets McLendon riled."

"Jees Christ, Jees Christ," the second whispered.

enlevez-moi ce torchon. Je suis pour lui. Je n'habite pas ici, nom de Dieu, mais si nos mères et nos femmes et nos sœurs…» Il se bouchonna la figure avec la serviette et la jeta par terre. Mc Lendon, debout, jurait contre les autres. Un deuxième client se leva et s'approcha de lui. Les autres restaient assis, mal à l'aise, évitant de se regarder. Puis, un à un, ils se levèrent et se joignirent à lui.

Le coiffeur ramassa la serviette par terre. Il se mit à la plier soigneusement: «Mes amis, ne faites pas ça. Will n'est pas coupable. Je le sais.

—En avant», dit Mc Lendon. Il fit demi-tour. La crosse d'un lourd revolver automatique sortait de sa poche de derrière. Ils s'en allèrent. La porte à moustiquaire métallique se referma derrière eux, et le bruit résonna dans l'air mort.

Le coiffeur se hâta de nettoyer son rasoir et de le serrer, puis il courut vers le fond du magasin et prit son chapeau au mur. «Je reviendrai le plus tôt possible, dit-il aux autres garçons, je ne peux pas laisser…» Il sortit en courant. Les deux autres coiffeurs le suivirent jusqu'à la porte qu'ils arrêtèrent au moment où elle se refermait. Penchés, ils le regardèrent remonter la rue. L'air était lourd et mort. Il laissait sous la langue un goût métallique.

«Qu'est-ce qu'il peut y faire?» dit le premier. Le second répétait à demi-voix: nom de Dieu, nom de Dieu. «J'aimerais autant être dans la peau de Will Mayes que dans celle de Hawk si jamais il met Mc Lendon en rogne.

—Nom de Dieu, nom de Dieu! murmurait le second.

"You reckon he really done it to her?" the first said.

She was thirty-eight or thirty-nine. She lived in a small frame house with her invalid mother and a thin, sallow, unflagging aunt, where each morning between ten and eleven she would appear on the porch in a lace-trimmed boudoir cap, to sit swinging in the porch swing until noon. After dinner she lay down for a while, until the afternoon began to cool. Then, in one of the three or four new voile dresses which she had each summer, she would go downtown to spend the afternoon in the stores with the other ladies, where they would handle the goods and haggle over the prices in cold, immediate voices, without any intention of buying.

She was of comfortable people—not the best in Jefferson, but good people enough—and she was still on the slender side of ordinary looking, with a bright, faintly haggard manner and dress. When she was young she had had a slender, nervous body and a sort of hard vivacity which had enabled her for a time to ride upon the crest of the town's social life as exemplified by the high school party and church social period of her contemporaries while still children enough to be unclassconscious

122

— Alors, tu crois vraiment que le nègre lui a fait ça?» dit le premier.

II

Elle avait trente-huit ou trente-neuf ans. Elle habitait avec sa mère infirme et une tante menue, jaune et indomptable, dans une petite maison en bois où, chaque matin, entre dix et onze heures, on la voyait apparaître sur la galerie, coiffée d'un bonnet de dentelle. Elle s'installait dans le hamac et s'y balançait jusqu'à midi. Après déjeuner, elle s'étendait un moment jusqu'à l'heure où la chaleur commençait à tomber. Alors, dans une des trois ou quatre robes de voile qu'elle se faisait faire chaque été, elle descendait en ville passer l'après-midi dans les magasins où, avec d'autres dames, elle pouvait tripoter les marchandises et discuter les prix d'une voix sèche, directe, sans la moindre intention d'acheter.

Elle appartenait à une famille aisée, non des meilleures de Jefferson, mais assez bien classée cependant, et elle avait encore une certaine beauté courante, une manière d'être et de s'habiller vive, légèrement hagarde. Dans sa jeunesse elle avait eu un corps souple et nerveux joint à une sorte d'entrain vigoureux qui lui avait permis, pendant un temps, de trôner au sommet de la vie mondaine représentée par les fêtes d'école et de paroisse, alors qu'elle et ses contemporains étaient encore trop jeunes pour avoir l'esprit de classe.

She was the last to realize that she was losing ground; that those among whom she had been a little brighter and louder flame than any other were beginning to learn the pleasure of snobbery—male—and retaliation—female. That was when her face began to wear that bright, haggard look. She still carried it to parties on shadowy porticoes and summer lawns, like a mask or a flag, with that bafflement of furious repudiation of truth in her eyes. One evening at a party she heard a boy and two girls, all schoolmates, talking. She never accepted another invitation.

She watched the girls with whom she had grown up as they married and got homes and children, but no man ever called on her steadily until the children of the other girls had been calling her "aunty" for several years, the while their mothers told them in bright voices about how popular Aunt Minnie had been as a girl. Then the town began to see her driving on Sunday afternoons with the cashier in the bank. He was a widower of about forty—a high-colored man, smelling always faintly of the barber shop or of whisky. He owned the first automobile in town, a red runabout; Minnie had the first motoring bonnet and veil the town ever saw. Then the town began to say: "Poor Minnie." "But she is old enough to take care of herself," others said.

Elle fut la dernière à s'apercevoir qu'elle perdait du terrain, que ceux parmi lesquels elle avait été une flamme un peu plus brillante, un peu plus lumineuse, commençaient à savourer le plaisir du snobisme — côté hommes — et celui des représailles — côté femmes. C'est alors que son visage prit cette expression vive et hagarde. Dans les réunions, sur les galeries ombragées, sur les pelouses d'été, elle portait encore cet air-là comme un masque ou un drapeau, avec, dans les yeux, cet air étonné de quelqu'un qui, furieusement, refuse de voir la vérité. Un jour, dans une soirée, elle entendit un jeune homme et deux jeunes filles, ses camarades d'école, qui causaient. Elle n'accepta plus jamais d'invitation.

Elle vit les jeunes filles avec lesquelles elle avait été élevée se marier, avoir des foyers et des enfants, mais aucun prétendant sérieux ne se présenta avant l'époque où, depuis longtemps déjà, les enfants des autres jeunes filles l'appelaient Tante Minnie, tandis que leurs mères leur disaient combien Tante Minnie avait été populaire dans sa jeunesse. C'est alors que la ville commença à la voir se promener en voiture, le dimanche après-midi, avec le caissier de la banque. Veuf, frisant la quarantaine, il avait le teint coloré et dégageait toujours une vague odeur de salon de coiffure ou de whisky. Il fut le premier à posséder une automobile dans la ville, une voiture rouge. C'est à Minnie que la ville, pour la première fois, vit un chapeau et un voile d'auto. Et la ville commença à dire : « Pauvre Minnie. » « Oh ! elle est bien d'âge à savoir se débrouiller », disaient les autres.

That was when she began to ask her old school-mates that their children call her "cousin" instead of "aunty."

I was twelve years now since she had been relegated into adultery by public opinion, and eight years since the cashier had gone to a Memphis bank, returning for one day each Christmas, which he spent at an annual bachelors' party at a hunting club on the river. From behind their curtains the neighbors would see the party pass, and during the over-the-way Christmas day visiting they would tell her about him, about how well he looked, and how they heard that he was prospering in the city, watching with bright, secret eyes her haggard, bright face. Usually by that hour there would be the scent of whisky on her breath. It was supplied her by a youth, a clerk at the soda fountain: "Sure; I buy it for the old gal. I reckon she's entitled to a little fun."

Her mother kept to her room altogether now; the gaunt aunt ran the house. Against that background Minnie's bright dresses, her idle and empty days, had a quality of furious unreality. She went out in the evenings only with women now, neighbors, to the moving pictures. Each afternoon she dressed in one of the new dresses and went downtown alone, where her young "cousins"

126

C'est alors qu'elle demanda aux enfants de ses anciennes camarades d'école de l'appeler cousine au lieu de tante.

Il y avait maintenant douze ans qu'elle avait été reléguée dans l'adultère par l'opinion publique, et huit ans que le caissier était parti pour une banque de Memphis, d'où il revenait chaque année, à Noël, passer un jour dans un club de chasse, sur la rivière, où se donnait un dîner annuel de célibataires. Derrière leurs rideaux, les voisines regardaient passer les convives et, lors des visites traditionnelles du jour de Noël, on parlait de lui à Minnie, on lui disait qu'il avait l'air fort bien, qu'on avait entendu dire que ses affaires prospéraient en ville, et on surveillait avec des yeux vifs et secrets l'expression vive et hagarde de son visage. Généralement, à cette heure-là, son haleine sentait le whisky. Elle se le procurait par l'entremise d'un jeune homme employé au comptoir des sodas au drugstore [1]. « Bien sûr, la pauvre fille, c'est moi qui le lui achète. Elle a bien le droit de s'amuser un peu, je suppose. »

Sa mère ne quittait plus la chambre ; la tante efflanquée dirigeait la maison. Sur ce fond, les robes voyantes de Minnie, ses journées vides et oisives prenaient un air de furieuse irréalité. Le soir, elle sortait ; elle allait au cinéma, mais toujours avec des femmes maintenant, des voisines. Chaque après-midi elle mettait une de ses robes neuves et elle descendait en ville, seule. Ses jeunes « cousines »

1. Autrefois, la plupart des drugstores américains comportaient un tel comptoir, où étaient vendues des boissons non alcoolisées, des glaces, etc.

were already strolling in the late afternoons with their delicate, silken heads and thin, awkward arms and conscious hips, clinging to one another or shrieking and giggling with paired boys in the soda fountain when she passed and went on along the serried store fronts, in the doors of which the sitting and lounging men did not even follow her with their eyes any more.

III

The barber went swiftly up the street where the sparse lights, insect-swirled, glared in rigid and violent suspension in the lifeless air. The day had died in a pall of dust; above the darkened square, shrouded by the spent dust, the sky was as clear as the inside of a brass bell. Below the east was a rumor of the twice-waxed moon.

When he overtook them McLendon and three others were getting into a car parked in an alley. McLendon stooped his thick head, peering out beneath the top. "Changed your mind, did you?" he said. "Damn good thing; by God, tomorrow when this town hears about how you talked tonight—"

"Now, now," the other ex-soldier said. "Hawkshaw's all right. Come on, Hawk; jump in."

"Will Mayes never done it, boys," the barber said. "If anybody done it.

flânaient déjà, au soir tombant, avec leur tête délicate et soyeuse, ne sachant que faire de leurs bras grêles, conscientes de leurs hanches, enlacées ; ou bien criant et gloussant en compagnie de jeunes garçons, au comptoir des sodas, tandis qu'elle passait et s'éloignait le long des devantures aux portes desquelles les hommes, assis à ne rien faire, ne la suivaient même plus des yeux.

III

Le coiffeur remonta rapidement la rue où les rares lampadaires, encerclés d'insectes, suspendaient dans l'air sans vie leur éclat rigide et violent. Le jour était mort sous un linceul de poussière. Au-dessus du square sombre enseveli sous la poussière retombée, le ciel était aussi clair que l'intérieur d'une cloche de cuivre. Sous la ligne de l'orient on sentait la rumeur d'une lune deux fois pleine.

Il rattrapa Mc Lendon et les trois autres au moment où ils montaient dans une auto garée dans une impasse. Mc Lendon baissa sa grosse tête pour voir par-dessous le toit. « Alors, vous avez changé d'avis, hein ? dit-il, et vous avez bougrement bien fait. Bon Dieu, quand on saura demain, en ville, comment vous avez parlé ce soir…

— Allons, allons, dit l'autre ancien combattant, Hawkshaw est un brave type. Venez Hawk ; montez.

— Ce n'est pas Will Mayes qui a fait ça, mes amis, dit le coiffeur, en admettant que quelqu'un l'ait fait.

Why, you all know well as I do there aint any town where they got better niggers than us. And you know how a lady will kind of think things about men when there aint any reason to, and Miss Minnie anyway—"

"Sure, sure," the soldier said. "We're just going to talk to him a little; that's all."

"Talk hell!" Butch said. "When we're through with the—"

"Shut up, for God's sake!" the soldier said. "Do you want everybody in town—"

"Tell them, by God!" McLendon said. "Tell every one of the sons that'll let a white woman—"

"Let's go; let's go: here's the other car." The second car slid squealing out of a cloud of dust at the alley mouth. McLendon started his car and took the lead. Dust lay like fog in the street. The street lights hung nimbused as in water. They drove on out of town.

A rutted lane turned at right angles. Dust hung above it too, and above all the land. The dark bulk of the ice plant, where the Negro Mayes was night watchman, rose against the sky. "Better stop here, hadn't we?" the soldier said. McLendon did not reply. He hurled the car up and slammed to a stop, the headlights glaring on the blank wall.

"Listen here, boys," the barber said; "if he's here, dont that prove he never done it? Dont it? If it was him, he would run. Dont you see he would?" The second car came up and stopped.

Voyons, vous savez aussi bien que moi qu'il n'y a pas de ville où on ait de meilleurs nègres que chez nous. Et vous savez comment les dames s'imaginent souvent un tas de choses sur les hommes, sans aucune raison, et Miss Minnie en fin de compte…

— Mais oui, mais oui, dit le soldat. Nous voulons simplement lui dire un mot, c'est tout.

— Lui dire un mot, j't'en fous, dit Butch, quand nous en aurons fini avec le…

— Oh! assez, pour l'amour de Dieu, dit le soldat, voulez-vous que toute la ville…

— Vous pouvez le leur dire, nom de Dieu, dit Mc Lendon, vous pouvez dire à tous les salauds qui laissent une Blanche…

— Partons, partons, voilà l'autre auto…» La seconde voiture sortait en grinçant d'un nuage de poussière à l'entrée de l'impasse. Mc Lendon démarra et prit la tête. La poussière pesait sur la rue comme du brouillard. Les réverbères pendaient, auréolés, comme noyés d'eau. Ils sortirent de la ville.

Un sentier plein d'ornières tournait à angle droit. La poussière flottait au-dessus comme sur toute la campagne. La masse sombre de l'usine à glace où le Noir Mayes était gardien de nuit se détacha sur le ciel. «Si on s'arrêtait ici, vous croyez pas?» dit le soldat. Mc Lendon ne répondit pas. Il poussa sa voiture et s'arrêta brusquement, les phares en plein sur le mur blanc.

«Mes amis, écoutez, dit le coiffeur, s'il est ici, est-ce que ce n'est pas la preuve qu'il ne l'a pas fait? Voyons. Si c'était lui, il se serait enfui. Vous ne voyez pas ça?» La seconde auto arriva et stoppa.

McLendon got down; Butch sprang down beside him. "Listen, boys," the barber said.

"Cut the lights off!" McLendon said. The breathless dark rushed down. There was no sound in it save their lungs as they sought air in the parched dust in which for two months they had lived; then the diminishing crunch of McLendon's and Butch's feet, and a moment later McLendon's voice:

"Will!... Will!"

Below the east the wan hemorrhage of the moon increased. It heaved above the ridge, silvering the air, the dust, so that they seemed to breathe, live, in a bowl of molten lead. There was no sound of nightbird nor insect, no sound save their breathing and a faint ticking of contracting metal about the cars. Where their bodies touched one another they seemed to sweat dryly, for no more moisture came. "Christ!" a voice said; "let's get out of here."

But they didn't move until vague noises began to grow out of the darkness ahead; then they got out and waited tensely in the breathless dark. There was another sound: a blow, a hissing expulsion of breath and McLendon cursing in undertone. They stood a moment longer, then they ran forward. They ran in a stumbling clump, as though they were fleeing something. "Kill him, kill the son," a voice whispered. McLendon flung them back.

"Not here," he said. "Get him into the car."

"Kill him, kill the black son!" the voice murmured.

Mc Lendon descendit et Butch sauta à terre à côté de lui. «Écoutez, mes amis, dit le coiffeur.

— Éteignez les phares», dit Mc Lendon. L'étouffante obscurité s'abattit sur eux. Pas d'autre bruit que celui de leurs poumons cherchant de l'air dans la poussière desséchée où ils vivaient depuis deux mois; puis ce fut le crissement décroissant des pas de Mc Lendon et de Butch, et un instant après la voix de Mc Lendon.

«Will!... Will!...»

À l'est, la blême hémorragie de la lune croissait. Elle pesait sur la crête des collines, argentant l'air et la poussière, si bien qu'ils avaient l'air de respirer, de vivre dans une vasque de plomb fondu. Nul bruit, ni d'insecte, ni d'oiseau nocturne; rien que le souffle de leur respiration et un léger cliquetis de métal contracté, dans les autos. Où leurs corps se touchaient ils semblaient suer à sec, car ils n'étaient même plus en moiteur. « Nom de Dieu, dit une voix, partons d'ici. »

Mais ils ne bougèrent que lorsque des bruits vagues commencèrent à sortir de l'obscurité en face d'eux. Alors ils descendirent et, angoissés, attendirent dans l'obscurité étouffante. Un nouveau son se fit entendre : un coup, un souffle sibilant, et Mc Lendon qui jurait à mi-voix. Ils restèrent encore un moment immobiles puis ils s'avancèrent en courant. Ils couraient en groupe, trébuchant comme s'ils fuyaient quelque chose. «Tuez-le, tuez-le, le salaud», murmura une voix. Mc Lendon les fit reculer.

«Pas ici, dit-il. Mettez-le dans l'auto. — Tuez-le, tuez-le, ce sale nègre», murmura la voix.

They dragged the Negro to the car. The barber had waited beside the car. He could feel himself sweating and he knew he was going to be sick at the stomach.

"What is it, captains?" the Negro said. "I aint done nothing. 'Fore God, Mr. John." Someone produced handcuffs. They worked busily about the Negro as though he were a post, quiet, intent, getting in one another's way. He submitted to the handcuffs, looking swiftly and constantly from dim face to dim face. "Who's here, captains?" he said, leaning to peer into the faces until they could feel his breath and smell his sweaty reek. He spoke a name or two. "What you all say I done, Mr John?"

McLendon jerked the car door open. "Get in!" he said.

The Negro did not move. "What you all going to do with me, Mr John? I aint done nothing. White folks, captains, I aint done nothing: I swear 'fore God." He called another name.

"Get in!" McLendon said. He struck the Negro. The others expelled their breath in a dry hissing and struck him with random blows and he whirled and cursed them, and swept his manacled hands across their faces and slashed the barber upon the mouth, and the barber struck him also. "Get him in there," McLendon said. They pushed at him. He ceased struggling and got in and sat quietly as the others took their places. He sat between the barber and that soldier, drawing his limbs in so as not to touch them, his eyes going swiftly and constantly from face to face.

Ils tirèrent le Noir jusqu'à l'auto. Le coiffeur était resté près de la voiture. Il sentait la sueur couler sur lui et il savait qu'il allait avoir mal au cœur.

«Qu'est-ce qu'il y a, capitaine? dit le Noir, j'ai rien fait. Pour l'amour de Dieu, Mr John.» Quelqu'un sortit des menottes. Calmes, attentifs, se gênant les uns les autres, ils s'affairaient autour du nègre comme s'il eût été un poteau. Il se laissa mettre les menottes. Son regard ne cessait d'aller rapidement de l'un à l'autre des visages indistincts. «Qui est là, capitaine?» dit-il, se penchant pour scruter leurs visages, au point qu'ils sentirent son haleine mêlée à des relents de sueur. Il prononça un ou deux noms. «Qu'est-ce que vous dites donc tous que j'ai fait, Mr John?»

D'un coup, Mc Lendon ouvrit la portière de l'auto. «Monte!» dit-il.

Le Noir ne bougea pas. «Qu'est-ce que vous allez me faire, Mr John? J'ai rien fait. Hommes blancs, capitaines, j'ai rien fait: je le jure devant Dieu.» Il appela un autre nom.

«Monte!» dit Mc Lendon. Il frappa le nègre. Les autres, la respiration sèche et sifflante, le frappèrent au hasard; il pirouetta, les insulta, brandit ses mains enchaînées devant leurs visages, frappa le coiffeur sur la bouche, et le coiffeur le frappa à son tour. «Faites-le monter», dit Mc Lendon. Ils le poussèrent. Il cessa de résister, monta et s'assit tranquillement tandis que les autres reprenaient leurs places. Il était assis entre le coiffeur et le soldat, rentrant ses membres pour ne pas les toucher, jetant constamment sur chaque visage des coups d'œil rapides.

Butch clung to the running board. The car moved on. The barber nursed his mouth with his handkerchief.

"What's the matter, Hawk?" the soldier said.

"Nothing," the barber said. They regained the highroad and turned away from town. The second car dropped back out of the dust. They went on, gaining speed; the final fringe of houses dropped behind.

"Goddamn, he stinks!" the soldier said.

"We'll fix that," the drummer in front beside McLendon said. On the running board Butch cursed into the hot rush of air. The barber leaned suddenly forward and touched McLendon's arm.

"Let me out, John," he said.

"Jump out, niggerlover," McLendon said without turning his head. He drove swiftly. Behind them the sourceless lights of the second car glared in the dust. Presently McLendon turned into a narrow road. It was rutted with disuse. It led back to an abandoned brick kiln—a series of reddish mounds and weed- and vine-choked vats without bottom. It had been used for pasture once, until one day the owner missed one of his mules. Although he prodded carefully in the vats with a long pole, he could not even find the bottom of them.

"John," the barber said.

"Jump out, then," McLendon said, hurling the car along the ruts. Beside the barber the Negro spoke:

"Mr Henry."

Butch s'accrocha au marchepied. L'auto se mit en marche. Le coiffeur se tamponnait la bouche avec son mouchoir.

« Qu'est-ce qu'il y a, Hawk ? dit le soldat.

— Rien », dit le coiffeur. Ils regagnèrent la grand-route et tournèrent le dos à la ville. La seconde voiture sortit de la poussière. Ils avancèrent, augmentant de vitesse ; la dernière rangée de maisons disparut.

« Nom de Dieu, ce qu'il pue ! dit le soldat.

— On va y remédier », dit le voyageur de commerce, assis à côté de Mc Lendon. Sur le marchepied Butch jura dans le courant d'air chaud. Le coiffeur se pencha soudain et toucha le bras de Mc Lendon.

« Laissez-moi descendre, John, dit-il.

— Vous n'avez qu'à sauter, négrophile », dit Mc Lendon sans tourner la tête. Il conduisait vite. Derrière, les lumières sans source de l'autre voiture luisaient dans la poussière. Bientôt Mc Lendon tourna dans un chemin étroit. Hors d'usage, il était creusé d'ornières. Il conduisait à des fours à brique abandonnés, série de monticules rougeâtres et de puits sans fond emplis de ronces et de lianes. Pendant un temps, ce lieu avait servi de pâturage, jusqu'au jour où le propriétaire perdit une de ses mules. Bien qu'il eût soigneusement sondé les puits avec un long bâton, il n'avait jamais pu même en toucher le fond.

« John ! dit le coiffeur.

— Vous n'avez qu'à sauter », dit Mc Lendon en poussant sa voiture dans les ornières. À côté du coiffeur le Noir parla :

« Mr Henry. »

The barber sat forward. The narrow tunnel of the road rushed up and past. Their motion was like an extinct furnace blast: cooler, but utterly dead. The car bounded from rut to rut.

"Mr Henry," the Negro said.

The barber began to tug furiously at the door. "Look out, there!" the soldier said, but the barber had already kicked the door open and swung onto the running board. The soldier leaned across the Negro and grasped at him, but he had already jumped. The car went on without checking speed.

The impetus hurled him crashing through dust-sheathed weeds, into the ditch. Dust puffed about him, and in a thin, vicious crackling of sapless stems he lay choking and retching until the second car passed and died away. Then he rose and limped on until he reached the highroad and turned toward town, brushing at his clothes with his hands. The moon was higher, riding high and clear of the dust at last, and after a while the town began to glare beneath the dust. He went on, limping. Presently he heard cars and the glow of them grew in the dust behind him and he left the road and crouched again in the weeds until they passed. McLendon's car came last now. There were four people in it and Butch was not on the running board.

Le coiffeur s'assit plus en avant. L'étroit tunnel de la route fila et disparut. Leur mouvement ressemblait à la bouffée d'air qui sort d'une chaudière éteinte : plus fraîche, mais complètement morte. L'auto bondissait d'une ornière à l'autre.

«Mr Henry», dit le Noir.

Le coiffeur se mit à secouer furieusement la portière. «Attention!» dit le soldat, mais le coiffeur, d'un coup de pied, avait déjà ouvert la portière et s'était élancé sur le marchepied. Le soldat se pencha par-dessus le Noir, les mains tendues vers Hawk, mais il avait déjà sauté. L'auto continua sans ralentir.

La vitesse précipita Hawk à travers les ronces poussiéreuses jusque dans le fossé. Un nuage de poussière s'éleva autour de lui, et il resta étendu, haletant, secoué de nausées, parmi les craquements ténus, agressifs de tiges sans sève, jusqu'à ce que la seconde voiture soit passée et hors de vue. Alors, il se leva et s'éloigna, traînant la jambe. Arrivé sur la grand-route, il prit la direction de la ville en brossant de ses mains son vêtement. La lune avait monté, elle glissait très haut, sortie enfin du nuage de poussière sous lequel, au bout d'un moment, la lueur de la ville apparut. Il allait toujours, clopin-clopant. Tout à coup il entendit les autos. La lumière des phares grandissait derrière lui. Il quitta la route et s'accroupit dans le fourré jusqu'à ce qu'elles soient passées. La voiture de Mc Lendon roulait maintenant la dernière. Elle était occupée par quatre personnes et Butch n'était plus sur le marchepied.

They went on; the dust swallowed them; the glare and the sound died away. The dust of them hung for a while, but soon the eternal dust absorbed it again. The barber climbed back onto the road and limped on toward town.

IV

As she dressed for supper on that Saturday evening, her own flesh felt like fever. Her hands trembled among the hooks and eyes, and her eyes had a feverish look, and her hair swirled crisp and crackling under the comb. While she was still dressing the friends called for her and sat while she donned her sheerest underthings and stockings and a new voile dress. "Do you feel strong enough to go out?" they said, their eyes bright too, with a dark glitter. "When you have had time to get over the shock, you must tell us what happened. What he said and did; everything."

In the leafed darkness, as they walked toward the square, she began to breathe deeply, something like a swimmer preparing to dive, until she ceased trembling, the four of them walking slowly because of the terrible heat and out of solicitude for her. But as they neared the square she began to tremble again, walking with her head up, her hands clenched at her sides, their voices about her murmurous, also with that feverish, glittering quality of their eyes.

Ils disparurent; la poussière les avala; la lueur et le bruit s'éteignirent. La poussière qu'ils avaient soulevée flotta encore quelque temps, mais la poussière éternelle eut tôt fait de l'absorber. Le coiffeur se hissa de nouveau sur la route et reprit en boîtant le chemin de la ville.

IV

Ce samedi-là, comme elle s'habillait pour dîner, elle eut l'impression que toute sa chair brûlait de fièvre. Ses mains tremblaient parmi les crochets et les œillets, ses yeux avaient un éclat fiévreux et, sous le peigne, ses cheveux s'enroulaient secs, crépitants. Elle n'avait pas fini de s'habiller quand ses amies vinrent la chercher. Elles restèrent assises pendant qu'elle enfilait ses dessous les plus légers, ses bas et sa robe de voile neuve. «Vous sentez-vous assez bien pour sortir?» dirent-elles, les yeux brillants d'une lueur sombre. «Quand vous serez revenue de votre émotion, il faudra nous raconter ce qui est arrivé, ce qu'il a dit, ce qu'il a fait, enfin tout.»

Dans l'obscurité feuillue, tandis qu'elles descendaient vers le square, elle se mit à respirer longuement comme un plongeur qui s'apprête à plonger, jusqu'à ce qu'elle eût cessé de trembler. Toutes les quatre marchaient lentement à cause de la chaleur torride et aussi par sollicitude pour elle. Mais en approchant du square elle recommença à trembler. Elle marchait, la tête haute, les mains crispées aux côtés, enveloppée de leurs voix chuchotantes sous l'éclat de leurs yeux qui également brillaient de fièvre.

They entered the square, she in the center of the group, fragile in her fresh dress. She was trembling worse. She walked slower and slower, as children eat ice cream, her head up and her eyes bright in the haggard banner of her face, passing the hotel and the coatless drummers in chairs along the curb looking around at her: "That's the one: see? The one in pink in the middle." "Is that her? What did they do with the nigger? Did they—?" "Sure. He's all right." "All right, is he?" "Sure. He went on a little trip." Then the drug store, where even the young men lounging in the doorway tipped their hats and followed with their eyes the motion of her hips and legs when she passed.

They went on, passing the lifted hats of the gentlemen, the suddenly ceased voices, deferent, protective. "Do you see?" the friends said. Their voices sounded like long, hovering sighs of hissing exultation. "There's not a Negro on the square. Not one."

They reached the picture show. It was like a miniature fairyland with its lighted lobby and colored lithographs of life caught in its terrible and beautiful mutations. Her lips began to tingle. In the dark, when the picture began, it would be all right; she could hold back the laughing so it would not waste away so fast and so soon. So she hurried on before the turning faces, the undertones of low astonishment,

Elles arrivèrent sur la place. Elle était au centre du groupe, frêle dans sa robe neuve. Elle tremblait plus encore. Elle marchait de plus en plus lentement, comme les enfants qui mangent une glace. La tête haute, les yeux brillants dans l'expression hagarde de son visage, elle passa devant l'hôtel. Les voyageurs de commerce en bras de chemise, assis sur le trottoir, se retournèrent pour la regarder : «Tenez, la voilà, vous voyez? Celle qui est en rose, au milieu. — Oh! c'est elle? Qu'est-ce qu'on a fait du nègre? Est-ce qu'on l'a...? — Bien sûr, il a tout ce qu'il lui faut. — Tout ce qu'il lui faut, hein? — Parfaitement, il est parti pour un petit voyage.» Puis ce fut le drugstore où même les jeunes gens qui flânaient sur la porte soulevèrent leur chapeau et suivirent des yeux, quand elle passa, le mouvement de ses hanches et de ses jambes.

Elles continuèrent devant les chapeaux soulevés des messieurs, les voix qui s'interrompaient brusquement, déférentes, protectrices. «Vous voyez», lui dirent ses amies. Leurs voix résonnaient comme de longs soupirs attardés où sifflait le triomphe. «Il n'y a pas un Noir sur la place. Pas un seul.»

Elles arrivèrent au cinéma. On aurait dit un pays enchanté en miniature avec son hall tout illuminé, ses lithographies en couleurs où la vie était saisie dans ses mutations terribles et superbes. Elle sentit un picotement à ses lèvres. Dans l'obscurité, quand le film aurait commencé, elle se sentirait mieux. Elle pourrait réfréner son rire afin de ne pas le gaspiller si vite et si tôt. Aussi se hâta-t-elle, devant les têtes qui se tournaient, sous les murmures d'étonnement discret;

and they took their accustomed places where she could see the aisle against the silver glare and the young men and girls coming in two and two against it.

The lights flicked away; the screen glowed silver, and soon life began to unfold, beautiful and passionate and sad, while still the young men and girls entered, scented and sibilant in the half dark, their paired backs in silhouette delicate and sleek, their slim, quick bodies awkward, divinely young, while beyond them the silver dream accumulated, inevitably on and on. She began to laugh. In trying to suppress it, it made more noise than ever; heads began to turn. Still laughing, her friends raised her and led her out, and she stood at the curb, laughing on a high, sustained note, until the taxi came up and they helped her in.

They removed the pink voile and the sheer underthings and the stockings, and put her to bed, and cracked ice for her temples, and sent for the doctor. He was hard to locate, so they ministered to her with hushed ejaculations, renewing the ice and fanning her. While the ice was fresh and cold she stopped laughing and lay still for a time, moaning only a little. But soon the laughing welled again and her voice rose screaming.

"Shhhhhhhhhhhh! Shhhhhhhhhhhhhhhhh!" they said, freshening the icepack, smoothing her hair,

et elles occupèrent leurs places habituelles d'où elle pouvait voir l'allée dans la lueur argentée, et les jeunes gens et les jeunes filles qui s'y détachaient, entrant deux par deux.

Les lumières s'éteignirent. L'écran s'embua d'argent et, bientôt, la vie commença à se dérouler, superbe, passionnée et triste. Cependant jeunes gens et jeunes filles arrivaient encore, parfumés et chuchotants dans la demi-obscurité ; leurs dos accouplés se détachaient en silhouettes délicates et lisses ; leurs corps nerveux, élancés, pleins de gaucherie, débordaient de jeunesse divine. Plus loin, devant eux, le rêve d'argent s'accumulait, inévitable, infini. Elle commença à rire. En essayant de s'arrêter elle ne parvint qu'à faire plus de bruit. Des têtes commencèrent à se retourner. Elle riait toujours quand ses amies la firent lever et l'entraînèrent ; et elle resta plantée sur le trottoir, secouée d'un rire aigu, continu, jusqu'à l'arrivée du taxi où elles l'aidèrent à monter.

Elles enlevèrent le voile rose, les dessous légers et les bas, et elles la mirent au lit. Elles cassèrent de la glace pour lui mettre sur les tempes et elles envoyèrent chercher le médecin. On eut de la peine à le trouver, aussi prirent-elles soin d'elle avec des exclamations étouffées, renouvelant la glace, l'éventant. Tant que la glace resta fraîche et froide, elle ne rit pas. Couchée, immobile pour un temps, elle se contentait de pousser quelques plaintes. Mais bientôt le rire reprit et sa voix s'éleva, stridente.

« Chhhhh ! Chhhhh ! » dirent-elles en changeant la glace, caressant sa chevelure,

examining it for gray; "poor girl!" Then to one another: "Do you suppose anything really happened?" their eyes darkly aglitter, secret and passionate. "Shhhhhhhhhh! Poor girl! Poor Minnie!"

V

It was midnight when McLendon drove up to his neat new house. It was trim and fresh as a birdcage and almost as small, with its clean, green-and-white paint. He locked the car and mounted the porch and entered. His wife rose from a chair beside the reading lamp. McLendon stopped in the floor and stared at her until she looked down.

"Look at that clock," he said, lifting his arm, pointing. She stood before him, her face lowered, a magazine in her hands. Her face was pale, strained, and weary-looking. "Haven't I told you about sitting up like this, waiting to see when I come in?"

"John," she said. She laid the magazine down. Poised on the balls of his feet, he glared at her with his hot eyes, his sweating face.

"Didn't I tell you?" He went toward her. She looked up then. He caught her shoulder. She stood passive, looking at him.

"Don't, John. I couldn't sleep... The heat; something. Please, John. You're hurting me."

146

y cherchant des cheveux gris : «Pauvre fille!» Puis l'une à l'autre : «Croyez-vous qu'il se soit vraiment passé quelque chose?» et leurs yeux brillaient d'une lueur sombre, secrets et passionnés. «Chhhhh Pauvre fille! Pauvre Minnie!»

V

Il était minuit quand Mc Lendon arrêta son auto devant sa jolie maison neuve. Elle était fraîche et coquette comme une cage à oiseaux et presque aussi petite, toute propre sous sa couleur vert et blanc. Il ferma sa voiture à clé, monta sur la galerie et entra. Sa femme se leva de la chaise où elle lisait, sous la lampe. Mc Lendon s'arrêta au milieu de la pièce et la regarda si fixement qu'elle baissa les yeux.

«Regarde-moi l'heure qu'il est», dit-il, en levant le bras pour montrer la pendule. Elle était debout devant lui, tête basse, un magazine entre les mains. Elle avait le visage pâle, tiré, fatigué. «Combien de fois t'ai-je dit de ne pas rester comme ça à guetter l'heure à laquelle je rentre?

—John», dit-elle. Elle posa son magazine. Debout, il la fixait de ses yeux brûlants, la face ruisselante de sueur.

«Je te l'ai pas dit?» Il s'approcha d'elle. Alors elle releva les yeux. Il la prit par l'épaule. Passive, elle le regardait :

«Je t'en prie, John. Je ne pouvais pas dormir... La chaleur... quelque chose... Je t'en prie, John. Tu me fais mal.

147

"Didn't I tell you?" He released her and half struck, half flung her across the chair, and she lay there and watched him quietly as he left the room.

He went on through the house, ripping off his shirt, and on the dark, screened porch at the rear he stood and mopped his head and shoulders with the shirt and flung it away. He took the pistol from his hip and laid it on the table beside the bed, and sat on the bed and removed his shoes, and rose and slipped his trousers off. He was sweating again already, and he stooped and hunted furiously for the shirt. At last he found it and wiped his body again, and, with his body pressed against the dusty screen, he stood panting. There was no movement, no sound, not even an insect. The dark world seemed to lie stricken beneath the cold moon and the lidless stars.

—Je te l'ai pas dit?» Il la lâcha et, la frappant à demi, la rejeta sur la chaise. Affalée, elle le regarda tranquillement tandis qu'il quittait la pièce.

Il traversa la maison en arrachant sa chemise et, arrivé sur la galerie obscure tendue de toiles métalliques, il s'arrêta et s'épongea la tête et les épaules avec sa chemise qu'il jeta au loin. Il tira le revolver de sa poche et le posa sur la table près du lit; puis il s'assit sur le lit, enleva ses souliers et, s'étant mis debout, il laissa glisser son pantalon. Il était de nouveau en sueur. Il se pencha, chercha furieusement sa chemise. Il finit par la trouver et, s'étant épongé le corps, il resta debout, haletant, le corps pressé contre la moustiquaire empoussié-rée. Pas un mouvement, pas un bruit, pas même un insecte. On eût dit que le monde gisait dans l'obscurité, abattu, sous la froideur de la lune et l'insomnie des étoiles.

DU MÊME AUTEUR

DANS LA COLLECTION FOLIO

Le bruit et la fureur, n° 162
Le gambit du cavalier, n° 2718
Le hameau, n° 1661
L'intrus, n° 420
L'invaincu, n° 2184
Les larrons, n° 2789
Lumière d'août, n° 621
Pylône, n° 1531
Requiem pour une nonne, n° 2480
Sanctuaire, n° 231
Sartoris, n° 920
Tandis que j'agonise, n° 307
Treize histoires, n° 2300

DANS LA COLLECTION FOLIO BILINGUE

Tandis que j'agonise/As I lay dying
Préface de Michel Gresset, (n° 1)

ALLEMAND

BERNHARD *Der Stimmenimitator* / L'imitateur

BÖLL *Der Zug war pünktlich* / Le train était à l'heure

CHAMISSO *Peter Schlemihls wundersame Geschichte* / L'étrange histoire de Peter Schlemihl

EICHENDORFF *Aus dem Leben eines Taugenichts* / Scènes de la vie d'un propre à rien

FREUD *Selbstdarstellung* / Sigmund Freud présenté par lui-même

FREUD *Die Frage der Laienanalyse* / La question de l'analyse profane

FREUD *Das Unheimliche und andere Texte* / L'inquiétante étrangeté et autres textes

FREUD *Eine Kindheitserinnerung des Leonardo da Vinci* / Un souvenir d'enfance de Léonard de Vinci

GOETHE *Die Leiden des jungen Werther* / Les souffrances du jeune Werther

GRIMM *Märchen* / Contes

GRIMM *Das blaue Licht und andere Märchen* / La lumière bleue et autres contes

HANDKE *Die Lehre der Sainte-Victoire* / La leçon de la Sainte-Victoire

HANDKE *Kindergeschichte* / Histoire d'enfant

HANDKE *Lucie im Wald mit den Dingsdda* / Lucie dans la forêt avec les trucs-machins

HOFMANNSTHAL *Andreas* / Andréas

KAFKA *Die Verwandlung* / La métamorphose

KAFKA *Brief an den Vater* / Lettre au père

KAFKA *Ein Landarzt und andere Erzählungen* / Un médecin de campagne et autres récits

KAFKA *Beschreibung eines Kampfes / Forschungen eines Hundes* / Les recherches d'un chien / Description d'un combat

KLEIST *Die Marquise von O... / Der Zweikampf* / La marquise d'O... / Le duel

KLEIST *Die Verlobung in St. Domingo / Der Findling* / Fiançailles à Saint-Domingue / L'enfant trouvé

MANN *Tonio Kröger* / Tonio Kröger

MORIKE *Mozart auf der Reise nach Prag* / Un voyage de Mozart à Prague

RILKE *Geschichten vom lieben Gott* / Histoires du Bon Dieu

RILKE *Zwei Prager Geschichten* / Deux histoires pragoises

WALSER *Der Spaziergang* / La promenade

RUSSE

BABEL *Одесскне рассказы* / Contes d'Odessa

BOULGAKOV *Роковьíе яйца* / Les Œufs du Destin

DOSTOÏEVSKI *Записки из подполья* / Carnets du sous-sol

DOSTOÏEVSKI *Кроткая / Сон смешного человека* / Douce / Le songe d'un homme ridicule

GOGOL *Записки сумасшедшего / Нос / Шинель* / Le journal d'un fou / Le nez / Le manteau

GOGOL *Портрет* / Le portrait

LERMONTOV *Герой нашего времени* / Un héros de notre temps

POUCHKINE *Пиковая дама* / La Dame de pique

POUCHKINE *Дубровского* / Doubrovsky

TCHÉKHOV *Дама с собачкой / Архиерей / Невеста* / La dame au petit chien / L'évêque / La fiancée

TOLSTOÏ *Дьявол* / Le Diable

TOLSTOÏ *Смерть Ивана Ильича* / La Mort d'Ivan Ilitch

TOLSTOÏ *Крейцерова соната* / La sonate à Kreutzer

TOURGUÉNIEV *Первая любовь* / Premier amour

TOURGUÉNIEV *Часы* / La montre

TYNIANOV *Подпоручик Киже* / Le lieutenant Kijé

ITALIEN

CALVINO *Fiabe italiane* / Contes italiens

D'ANNUNZIO *Il Traghettatore ed altre novelle della Pescara* / Le passeur et autres nouvelles de la Pescara

DANTE *Vita Nuova* / Vie nouvelle

GOLDONI *La Locandiera* / La Locandiera

GOLDONI *La Bottega del caffè* / Le Café

MACHIAVEL *Il Principe* / Le Prince

MALAPARTE *Il Sole è cieco* / Le Soleil est aveugle

MORANTE *Lo scialle andaluso ed altre novelle* / Le châle andalou et autres nouvelles

MORAVIA *L'amore conjugale* / L'amour conjugal

PASOLINI *Racconti romani* / Nouvelles romaines

PAVESE *La bella estate* / Le bel été

PAVESE *La spiaggia* / La plage

PIRANDELLO *Novelle per un anno (scelta)* / Nouvelles pour une année (choix)

PIRANDELLO *Novelle per un anno II (scelta)* / Nouvelles pour une année II (choix)

PIRANDELLO *Sei personaggi in cerca d'autore* / Six personnages en quête d'auteur

SCIASCIA *Il contesto* / Le contexte

SVEVO *Corto viaggio sentimentale* / Court voyage sentimental

VASARI/CELLINI *Vite di artisti* / Vies d'artistes

VERGA *Cavalleria rusticana ed altre novelle* / Cavalleria rusticana et autres nouvelles

ESPAGNOL

ASTURIAS *Leyendas de Guatemala* / Legéndes du Guatemala

BORGES *El libro de arena* / Le livre de sable

BORGES *Ficciones* / Fictions

CARPENTIER *Concierto barroco* / Concert baroque

CARPENTIER *Guerra del tiempo* / Guerre du temps

CERVANTES *Novelas ejemplares (selección)* / Nouvelles exemplaires (choix)

CERVANTES *El amante liberal* / L'amant généreux

CERVANTES *El celoso extremeño / Las dos doncellas* / Le Jaloux d'Estrémadure / Les Deux Jeunes Filles

CORTÁZAR *Las armas secretas* / Les armes secrètes

CORTÁZAR *Queremos tanto a Glenda (selección)* / Nous l'aimions tant, Glenda (choix)

FUENTES *Los huos del conquistador* / Les fils du conquistador

UNAMUNO *Cuentos (selección)* / Contes (choix)

VARGAS LLOSA *Los cachorros* / Les chiots.

PORTUGAIS

EÇA DE QUEIROZ *Singularidades de uma rapariga loira* / Une singulière jeune fille blonde

MACHADO DE ASSIS *O alienista* / L'aliéniste

Composition Infoprint.
Impression Bussière
à Saint-Amand (Cher), le 20 avril 2005.
Dépôt légal : avril 2005.
1ᵉʳ dépôt légal dans la collection : avril 1996.
Numéro d'imprimeur : 051655/1.
ISBN 2-07-039453-0/Imprimé en France.

137377